ヲトメノイノリ

石田千

筑摩書房

目次

ヲトメノイノリ

装丁
装画　南　伸坊

ぶらんこ

てんごくから、しろいまあるいのが、いっこ。おりてくる。

くももしろいけど、もっとしろい。それは、まがって、わきのみちのほうにいく。にげて、土につついた。

しゃがんで、そっとポケットにしまった。てんごくのはねは、おうちにかえるまでなくさないようにしないといけない。おうちにかえったら、ひみつのたからもののはこに、おかたづけしないといけない。

……はるかー。どこなの、いくわよー。

ママ、ジテンシャをひっぱってきた。みつかったら、きたないからさわっちゃだめって、ぜったいいわれるから、よかった。ジテンシャによじのぼる。たんぽぽぐみのときは、だっこされてた。うさぎさんをだっこするのはいいけど、ママにだっこされるのは、いや。

あたらしいたんぽぽさんたち、かわいいでしょう。

毎日泣いてて、うるさい。はなみずとかよだれとか、きたないし。

なにいってんの。あんただって、こないだまでぐじゃぐじゃだったのに。ころっと忘れちゃって。

ママは、こぎながら、おぼうしをひっぱったから、ゆらっとした。やめてほしい。

それで、きょうはなにするんだって。まゆこ先生、なんていってたの。

べつに、いってない。しらない。

もう、朝からぶーたれてんじゃないの。また、ぐいってやった。

もう、やめて。ちゃんとこがないと、あぶないでしょう。ママをしかってると、むこうのほうから小学生たちがくる。いっぱいいても、すぐにわかった。

……あっ、りゅうちゃーん、りゅういちろうくーん、おはようございまーす。

ママはブレーキをきゅっとして、ばんざいにしてぶんぶんふる。みんなみてる。まじみっともない。ほっぺあつくなる。竜一郎くんは、ちょっとこっちみて、ぺこっとした。

竜一郎くんのパパは、うちのパパとおんなじマルトヨブッサンのひとで、うちのパパのほうが、としとってて、ちょっとだけえらいってママがいった。パパとパパがなかよしだから、ママとママもお友だちになっている。でも、こどもどうしは、なかよしにならないようにしている。れんあいするから。

なつやすみ、はじめてけっこんしきをみた。ママのいとこのさちえさんは、ドレスもきものもきた。しろいけむりかぶって、おおきいケーキわった。ケーキおいしかった。

さちえさんは、オサナナジミっていうおじさんとれんあいして、けっこんした。

オサナナジミっていうのは、ちいさいころからのおともだち、しりあいってことだよ。パパがいった。

オサナナジミはけっこんする。おとこのこはいろいろいるけど、竜一郎くんにした。竜一郎くんのパパは、しゅっせするんだって。これもパパがいった。おこのみやきひっくりかえすのうまいし、プールのクロールもとくいだし、いいひとねってママもいう。竜一郎くんのママはやさしいし、ごはんがじょうずで、おはなのこととかよくしってる。竜一郎くんは、サッカーばっかりしてるみたい。レッズのひとになりたいみたい。でも、しゃちょーのほうがいいけど。サッカーって、うるさいからいやだ。

けっこんしたら、ウラワじゃないところにおうちをつくる。ウラワだと、ぜったいママがあそびにくるから。

チューリップとかおはながたくさんあって、おうちでアイスとケーキとなっとう食べる。しろいふわふわの犬と、ひつじと、うさぎと、ゴマアザラシのあかちゃんもいる。

あと、ぶらんことプールもある。くらくなったら、バーベキューして、カラオケする。まいにち、ドレスきる。リカちゃんもドレスも、一おくこくらいある。それから、もみのきもないとだめだし。クリスマスツリーは、外国みたいに、ほんとうのにする。幼稚園のもほんとうのだったけど、あれはもみのきじゃなくて、コニファーだから。おなじのが、竜一郎くんのおうちにあった。あれをもらったらいいか。けっこんって、いろいろいそがしいんだもん。

……いってらっしゃーい。あした、待ってるからねー。パパとママにも、いっといてねー。

うちのママって、げんきばっかりある。

はるかも、りゅうちゃんにばいばいして。てじゃなく、あたまふった。

ほんと、かわいくないんだから。ママはふくれて、ジテンシャこいだ。

パパも、じーじたちもばーばたちも、みんな、はるかはかわいいっていう。おとこのこたちも、さくらちゃんもかわいいっていう。でも、ママだけいわない。ママは、ママのいうとおりにしないと、すぐかわいくないっていう。ママは、ママがいちばんかわいいって、まちがえちゃってる。だから、かわいくないよって、おしえてあげないといけない。いっつもジャージとパンツばっかりで、ばたばたして、すぐおこったりないたりして、ママはたんぽぽさんみたいでうるさいよって、いわないといけない。

うちは、ママがドラマみてないたり、おわらいみてげらげらわらったりしたいから、ずっとテレビがついている。うるさいから、ベッドのおへやにいくと、こんどはどうしたのっておっかけてくる。パパに、ママにしずかにしてってっていってておねがいしたら、ママはいつもいそがしいんだから、テレビくらいすきにみないとげんきが出ないんだよっていった。パパはママをあいしてるから、ぜんぜんだめだった。だから、もうずっと、こどものときからなんにもいってない。

むこうに、バスの子たちがいた。よしきくん、かけるくん、たいせいくん、うみくん、たくやくん。おとこのこたちがはしってきた。

……はるかちゃん、おはよう。

しゅんくんがてーつなごうとしたから、まゆこせんせいのところにはしってにげた。みんなに、しゅんくんがすきなんだっていわれたら、こまる。

まゆこせんせいは、ママからノートをもらった。

きょうは、四月うまれさんのお誕生会です。はるかちゃんは、明日が当日ですよね。

あれっ、きょうだったんですか。はるか、なんにも教えてくれないんですよ。もおおう、はるかー。ママは、うしさんみたいにないて、おぼうしをぐりぐりする。

……きのう書いておけばよかったですね。とくに準備していただくことはないので、そのままにしてしまって、申し訳ありませんでした。でもほんと、はるかちゃんって、五歳児にしてはるかワールドをしっかりもってますよね。わたしたちも、ちょっとミステリアスだよねって話してるんですよ。

まゆこせんせいは、べつのお母さんのところにいっちゃった。

なに、ミステリアって。

へんな子ってこと。

ママはつまんないときのこえで、ジテンシャのほうにいっちゃった。

……はるかちゃん、明日は、ママとパパがお祝いしてくれるんだって。よかったね。

まゆこせんせいがもどってきて、にっこりした。

……あっ、はい。

せんせいの手にさわって、にっこりする。おとなは、こどもがにっこりするとよろこぶ。こどもとこどもだと、もっとめんどくさいんだけど。まゆこせんせいは、ママよりはいいひと。ちょっとは、わかってくれる。

まえのたなばたのとき、おねがいごとに、しゃちょーとけっこんするってかいた。まゆこせんせいは、ふたりだけのひみつにしておきましょうねって、とくべつにまたいろがみをくれた。もういっかいめは、たくさんぶらんこにのりたいってぶらさげた。

ほんとうは、はじめ、しゃちょーとけっこんして、おうちのぶらんこにのるってことなんだけど、なんてかいていいかわかんなくて、うそじゃないからいいにした。


またあしたのおうたをうたって、おそとにきたら、ママがもういた。おたんじょうかいどうだったって、すぐきいた。

……みんながうたって、カードもらった。四がつうまれさんは四にんだから、三にんのおようふくに、おはなくっつけた。

りらちゃんは、むらさき、えいたくんは、あお、ともみちゃんは、おれんじのおはなにした。

はるかちゃん、いっこやって。

しゅんくんが、おりがみ、ひゅっとなげてきた。せんせいがうしろにいったときに、おったのをひゅっとなげて、しゅんくんのやつで、もういっこおった。しゅんくんは、おりがみへただからきらい。はんぶんはんぶんって、きちんとおらない。うらのしろいところがみえててもいいやっていうから、いや。

……はるかちゃんやさしいから、ぼくはるかちゃんすきなんだー。

……ばっかじゃない。

しゅんくんは、おはなをなげてないちゃって、ほんとうにばっかみたいだった。でもそういうのは、ママにはいわない。

カードができて、おたんじょうかいになった。

みんながハッピバースデーツーユーをうたった。せんせいが、かんむりと、わっかのネックレスくれた。それからおべんとうになった。おたんじょうかいの日は、おべんとうのあとにスイーツをたべる。いちごヨーグルトだった。

おにわであそんでるときは、さくらちゃんとくちをかんだ。くちをかむのは、さくらちゃんがさくらちゃんのおねーちゃんにおしえてもらって、いま、はやってる。ずっとやると、あかくなって、くちがきれいになる。

ふたりでやってたら、まりかちゃんがきた。まりかちゃんもいっしょにやってたら、さくらちゃんが、まねっこしないであっちいってっていうから、まりかちゃんがはしったら、ころんでないた。

……ばっかじゃない。

さくらちゃんがいった。このごろ、ばっかじゃないっていうの、うつっちゃった。まねっこしてるってさくらちゃんにきらわれないように、もういわないことにした。こういうのも、ママにはいわない。

ママは、おむかえのとき、ジテンシャのうしろにいっぱいたべものをのせてくる。うみくんに、はるかちゃんのママってくいしんぼうだねっていわれて、はずかしかった。

かわいいネックレスもらって、よかったね。かんむりみせてっていう。おぼうしとってかぶってあげた。ママがシャメをとった。ママがうれしそうなのは、うれしい。

明日も、それかぶってお祝いしようよ。かぶんないよ、こんなの。なんでよ、せっかく先生が作ってくれたんでしょう。

あしたは、リボンするから、かぶれないもん。ママががっかりしたので、わっかはしてもいいけどさっていった。そしたらママは、わるいまじょみたいに、アッハハハーってわらった。

……あ、そっか。りゅうちゃんが来るもんねえ。はるかの大好きな。

……ママって、ばっかじゃないの。

ほっぺたもおみみも、あつくなった。


きょうから六さいになった。

おひるまではいつもといっしょで、おうどんたべて、テレビみて、みんなでごろごろした。それから、パパはケーキをとりにいった。たくはいのおにいさんがきて、じーじとばーばのプレゼントだった。ママは、あとであけなさいっていった。

竜一郎くんは、三じにくる。

ママは、テーブルにホットプレートをのっけて、おや菜と、やきにくのたれの、あまくちとからくちをならべた。

……あとは、お肉出して、パパがケーキとお寿司とフライドチキン買ってくるでしょ。すごいごちそう。それででたりなかったら、竜ちゃんパパに、お好み焼いてもらおうね。

パパは、ばさばさばさって、いろんな袋をもってきた。

……おおっ、はるか。かわいこちゃんになったね。

パパは、てもあらわないでうがいもしないで、レーゾーコにいってもどってきて、ビールをのんだ。ほんとうは、まいにちスカートがいいけど、ママがまださむいからだめっていう。おんなのこは、からだをひやしちゃいけないから。

ぴんぽんがなった。

竜一郎くんのママがうつってる。はーい、どうぞー。ママがボタンおした。ぐいーん。したのドアがあいた。

竜一郎くんのパパは、おはなをくれた。竜一郎くんのママは、てさげとエプロンをくれた。これで、ママのお手伝いしてね。どうもありがとうございます。いいこにしていった。竜一郎くんは、サッカーがおわってからくるっていった。

パパが、カルピスつくってくれた。おとなはみんなビール。それで、かんぱいした。

はるかちゃんが、もう六歳なんてびっくりだなあ。ほんと、女の子はおとなしくてかわいくって、うらやましいわねえ。うちのリュウなんて、はるかちゃんよりよっつも年上なのに、ぜんぜん子どもみたい。

うちのパパは、なんにでもそうだよな、そうだねえって、うんうんっていってる。

……でもね、うちのはるか。ちょっと末恐ろしいの。この子ったら、七夕のとき、願いごとの短冊に、なんて書いたと思う。ねえ。

びっくりして、しにそうになった。

この子、社長と結婚するって書いたのよ。それで担任の先生もびっくりして、書きなおさせたって。

ママはビールであかくなって、またまじょになってて、イヒヒヒってよろこんでる。みんなも、まほうがかかって、いっぱいわらってる。まゆこせんせい、うそついた。ひみつっていったのに。

もう、おたんじょうび、したくなくなった。

はるかちゃんどうしたの。竜ちゃんのママは、わらってるまんまでいった。

……おトイレです。

がんばって、にっこりして、ゆっくりろーかにきた。それからベッドのおへやにいって、うさこをつれて、おやつのカンカンとおりがみをてさげにいれて、トイレにはいった。かぎのボタンをおした。

むこうでみんな、わらってる。ママばっかり、きこえる。もりあがってる。さびしいから、つるをおった。それから、おひなさまもおったけど、えんぴつがなくて、おかおがかけない。ふうせんの、さいしょの半分のところで、どすんどすんとおとがした。パパ、ドアはあかないのよ。

……はるかー、どうしたー。おなかいたいのかー。

……いたくない。

パパ、おしっこ出るから、はやく出てー。

パパのおしっこなんて、そんなの、したのコンビニでしてきたら。

どうした。パパは、ドアをこんこんした。

ママがいじわるしたから、でない。

どすんどすんがむこうにいって、ぱたぱたぺたぺたとか、みんなこっちにきた。

……こらっ、ばか娘っ、出てきなさいっ。

ママは、ドアをがちゃがちゃした。いいわ、ドライバーであけるから。ぺたぺたって、どっかいった。

はるかちゃん、ごめんね。みんなでわらったから、いやだったのね。もう笑わないから、出ておいでよ。お誕生日だもんなあ、かわいそうだったねえ。

竜一郎くんのママとパパも、こんこんした。

おれ、限界。ちょっと下にいってくる。パパは、コンビニにいったみたい。

ママがどなってるのを、竜一郎くんのパパがとめて、しーんとなった。おしっこしたくなったから、おしっこして、トイレットペーパーではなかんだ。それからじゃーっとながしたら、またママがなんかいって、そしたらパパがかえってきた。

……助っ人、到着。

パパのないしょばなしは、いつもみんなにきこえる。また、こんこんされた。

……はるか、竜一郎くんがきてくれたわよ。はるかにプレゼントがあるって。ママおこらないから、出ておいで。

やさしくなるときのこえになった。いやだけど、しかたない。

あけたら、竜一郎くんがいた。

こんにちは。

こんにちは。お誕生日おめでとう。

どうもありがとうございます。

おじぎして、にっこりした。みんなよろこんだ。ママだけ、ぶすのかおしてる。

うちのママは、ぜったいごめんなさいをしない。


カルピスは、こーりがとけて、うすーくなっていた。ママは、ずっとこっちみないでおしゃべりしてる。

パパは、ママにおにくとかおすしとってあげたりしてる。なんだかママのおたんじょうびみたいだけど、おこらないであげた。

竜一郎くんは、となりで、おすしもおにくもチキンもどんどんたべている。男の子は、好ききらいなくていいわねえ。ママはちょっとうれしそうになった。ママって、いっつも男の子のほうがすきなんだもん。

ごちそうさまでした。

竜一郎くんが、ソファでゲームしようとすると、竜一郎くんのママが、はるかちゃんと公園にいっておいでっていった。そのあとに、デザートタイムにしましょう。

……ええーっ。あっ、うん。いいけど。

じゃあ、三十分くらい遊んだら帰っておいで。パパが、パーカーをきさせてくれた。

エレベーターをおりる。スカートなのに、いつものスニーカーはいちゃった。

竜一郎くんは、さきにむこうにわたって、こっちむいて、はやくおいでっていった。

しらかばこうえんは、あかちゃんたちしかいなかった。

……ここって、ボール禁止だからこないんだ。

……ふうん。あっ、そーなんですか。

いつもなにして遊ぶの。アイドルごっことか。そんなのできないから。じゃあ、てつぼーとか。

いいよ。

竜一郎くんは、いちばんのっぽのてつぼーにつかまって、すごくがんばって一かいまわって、おちた。はーはーしてる。あんまり、かっこよくない。まえまわりもさかあがりもできるけど、きょうはスカートだからしない。

……はるかちゃんてさあ、ぶらんこってのれるの。

……のれる、あっ、のれますよ。

竜一郎くんは、ぶらんこにすわらないでたってこいだ。どんどん、もうすごくまっすぐになっちゃうところまでいってる。となりにすわってスカートがめくれちゃうから、あしではさんでゆっくりこいだ。

ぶらんぶらん。

スカートなのに、いつものスニーカー、つまんなくなった。あかい、つるつるの、くつなんだったのに。

ぎーこ、ぎーこ。

すっごくたのしみにしてたのに。ゆらんゆらん。六さいの、おたんじょうびなのに。あっちで、あかちゃんないてる。おんぎゃー、おんぎゃー。いいな、あかちゃん。いっぱいないてもよくって。

六さいって、かなしいな。

すごいまっすぐのところの竜一郎くんは、ぽーんととんで、いちょうのところにおりて、こっちにきた。ちょっとかっこいい。

どうしたの、どっか、いたいの。

いたくない。

じゃ、なんでないてんの。

……ううん、べつに。うーん、だって。うえーん、うわーんうおーん。ママのいじわるー。まゆこせんせいうそつきー。かなしいー。わーん、わーんわーん。

竜一郎くん、いやだなーってかおしてる。おみずのところにつれていってくれて、かおあらいなよっていった。おかおあらって、ポケットからハンカチだして、ふいた。ハンカチはびしょびしょになったから、ポケットにいれない。ぎゅっともった。まだちょっと、しゃっくりみたいで、なみだでる。

……じゃ、帰ろっか。ケーキあるんでしょ。

……ある、ありますよ。パパがかってきた、きました。

じゃ、帰ろう。ぐっとひっぱられた。

てをつないだ。竜一郎くんと、はじめて。どきどきする。竜一郎くんは、ぜんぜんどきどきしてないってわかってるけど、きょうのことはずっとわすれないって、きめた。

こうえんから、しんごーをわたる。

あっ。

竜一郎くんは、はしってジャンプした。て、はなしちゃった。

ほら。

竜一郎くんは、ぱーにして、あげるっていった。

しろい、まるい、てんごくのはね、くれた。

うぐいす

親愛なるクリスティ。

あなたはいま、どうしていますか。山道に入って一時間ほどたちました。吸ってはいて、息がだいぶ、らくになりました。

ここは、高尾山。いままで数えきれないほどのぼっていますが、ひとりなのは、はじめてです。

東京というと、高いビルばかり、ひとごみばかりと思われるかもしれませんが、ここも東京都です。都心から電車で一時間ほどで、山のぼりができるんです。標高六〇〇mほどの低山ですから、片道二時間くらいで山頂に着きます。ミシュランのガイドブックで紹介されてからは、海外からの旅行者も増えて、道の前後に、たいていだれかのすがたが見えます。女性ひとりでも、心配のいらない山です。

きょうも、すぐまえには、アメリカからきたご夫婦が歩いています。さっき、おなじところで休んで、すこし話しました。ちょうどうぐいすが気もちよさそうに鳴いてくれたので、得意の芸を披露してしまいました。

……ホーウ、ホケキョウ。

高く響きわたるうぐいすの声は、春のおとずれの合図です。いまはまだあんまり上手に鳴けなくて、ケキョホケ、なんて失敗して、かわいらしい。

勤めている学校のすぐそばに、声帯模写の芸人さんが住んでいらして、子どもたちに動物や鳥の鳴きまねを披露していただいたことがありました。そのときにみんなで習った、プロ直伝の芸です。

ほんもののうぐいすにきかせたら、不思議そうにすこし黙って、それから返事をしてくれました。おふたりに喜んでもらって、嬉しかった。こんなやりとりも、日本らしいおもてなしかもしれませんね。そんなふうにカタコトの英語を話していたら、あなたを思い出してしまったのでした。

あなたは、いまもカナダにいますか。

あなたが子どものころに住んでいたウィメットというところは、すばらしい峡谷があるそうですね。息をのむほどの谷と、針葉樹の森で育ったあなたにくらべて、この整備された登山道ですら息をきらし、へこたれそうになっているのは、はずかしいです。けれど、木や土の匂い、鳥の羽ばたき、日陰にのこる霜柱をざくざくと踏む心地よさについては、きっとあなたと話を弾ませることができるでしょう。

これまでも、山の静寂に包まれると、ふとあなたのことを思い出していました。遠いカナダの、おおきな自然のなかで、あなたが成長していく。そう思うと、なぜか力が湧いてきます。クリスティ。きょうも、そのことに感謝して、のぼっています。そんなことをきゅうにいわれても、めんくらってしまいますよね。

きょうは、三か月ぶりの高尾山です。

前回は、佐野さんと、初詣にのぼりました。山頂に神社があるので、この一年の安全と幸福を祈るためにのぼったのです。でもきょうは、ひさしぶりにひとりきりの、しずかな時間です。

このところほんとうに、とっても忙しかった。

日本の中学校は、四月にはじまります。ことしは、桜の花がながく咲いてくれて、新入生の記念写真は、とても華やかになりました。校庭には、創立の日に植えられたという樹齢七十年の桜の木があるんです。創立は、第二次世界大戦の敗戦直後でした。校長先生は、毎年入学式で、この桜を大切にしてくださいと話されます。

ことしは、ひさしぶりに一年生の担任になりましたので、秋になると子どもたちともこの高尾山にのぼれます。このところ三年生ばかりを受け持っていたので、まだあどけない生徒たちは、とてもかわいらしく見えます。かれらは、三年のあいだに進路を決め、進学か就職のための試験を受けなければなりません。学業上の、人生はじめての試練。伴走者としての教師は、いつまでたっても緊張するものです。その試練をそれぞれに越え、希望のかなう子も、そうでない子も、それぞれおとなびた顔になって卒業していきます。


クリスティ、日本ときくと、どんなことが浮かびますか。

桜、富士山、お相撲や着物、おむすびって、わかるかしら。

お塩をつけた手のひらに、ごはんをのせ、ボールのように握り、海苔という乾燥させた黒い海藻で包みます。英語では、ライスボールか。このとき、指の節をつかって角度をつけて、三角になるように握ると、食べやすくなります。

生まれ育った新潟県は、日本有数のおいしいお米の産地なので、おむすびを作るのは子どものころから得意です。きょうもナップザックに、ふたつ入っています。もうすこしのぼると、峠があります。ちいさな食堂があって、名物のおいしいきのこのみそ汁といっしょに食べるのが、この山のぼりのいちばんの楽しみです。

あなたの作るお弁当は、サンドイッチですか。サーモンや、メイプルシロップ、ビールにチーズ。東京のスーパーマーケットにも、あなたの国のあかいかえでの国旗のついた食品がたくさんあります。

いつか、長いお休みにたずねてみたいのですが、ことしは休暇をとっても、落ち着けそうにありません。

つらなる山にかこまれ、じぶんの足音をきいていると、日々の音が遠のき、いろんなひとの声を思い出す。

佐野さんには、けさ出がけに電話をしてきた。植物園に勤めている彼は、家も八王子にあり、あちこちの山や森にしょっちゅう出かけられる。忙しくてくたびれているなら、高尾にのぼってきたら。そうすすめてくれたのも、佐野さんだった。

知りあって三年、高尾も、ふたりでもう十回はのぼった。ふたりでゆっくりのぼる。おなじ山になんどものぼると、季節の花や鳥を覚えられる。佐野さんは、古い友だちを紹介するように、木や花、鳥や虫たちの名まえを教えてくれる。思えば、はじめから気おわず会えたのも、この山のおかげだった。

東京での生活が長くなるにつれ、アパートと学校を往復する毎日。新潟の野山を駆けまわって育ったことさえ、忘れてしまいそうになっていた。佐野さんのおかげで、自然があって、ひともいる。思い出し、だんだんと前をむく気もちになっていった。

おなじような博識は返せないけれど、できること、たとえば感謝をこめておむすびを作るように、おだやかにいっしょにいられたらいい。そう思って、去年の秋に結婚を決めた。先週、やっと新居も決めた。

まわりも、とても祝福してくれている。佐野さんは、気が長く、手足も首もひょろっとして、キリンに似ていて、三年まえ、おばさんのしくんだお見あいからはじまった。彼のお姉さんが、伯母にお茶を習っていて、あるとき車でむかえに来た彼を、伯母が見そめた。

そんな紹介は、いやと反発したのに、あれよあれよと術中にはまってしまった。この結婚にただひとつ難があるとすれば、その点だけど、おばさんのおせっかいがなければ、いまもきっと孤独を認めることも、抱えることも、手ばなすこともできずにいた。花の咲く時期、葉が茂り、実り、やがて、その葉を落とす時期。木々が季節にまかせるように、ひとのこころの回復もまた、自力だけではどうにもならないみたい。

佐野さんは、適齢期なんて個体差、ひともそれぞれなんだからといって、三年もゆっくり待ってくれた。ほんとうにありがたいことだった。佐野さんといっしょにいると、森のなかにいるみたい。とても素直になれる。

来月の休日を使って、引越し、ふたりの生活がはじまる。そして、八月には結婚式なんだなあ。東京の八月は、連日体温を超える猛暑になるから、友人たちにはお着物つらいわよと文句をいわれてしまった。けれど、教師のスケジュールが自由になるのは、夏休みくらいだから、しかたがない。

姓も変わる。池田から、佐野に。また、いろんな手続きが必要になるか。ためいきがまた、深く長くなる。

中学生は、恋愛にとても興味があるので、生徒たちにはいまから結婚のことを、あれこれきかれている。バドミントン部の女の子たちは、ひそひそとあつまって、イケサヨからサノサヨになるんだよねえ。サノサヨサノサヨ。まちがえないようにと呪文のように練習していたのには、笑ってしまった。

うれしいのは、おばあちゃんが結婚式のときに着た振袖の寸法が、ぴったりだった。ドレスは、思わず目をつぶったほど、似あわなかった。華やかで昔らしい色柄の振袖のほうは、いい感じ。生涯仲よしだったおじいちゃん、おばあちゃんを、理想の夫婦として生きていけるように。

式場は、佐野家の行きつけのちいさなレストラン。先週、友人、親戚、職場の方々に招待状を発送した。少人数のパーティーをする予定ですが、おばさんが、なにごとにも口をはさんでくれるから、どうなることやら。

ああ、すべて順調にすすんでいってしまう。

けれどクリスティ、きょうは、あなたにだけ、打ちあけることがある。


先週末のことでした。招待状に宛名を書き終え、ほっとしてお昼を食べはじめたとき、電話がありました。

あのひとです。

あの一瞬、なにより悲しかったのは、それがだれの番号か、すぐにわかってしまった。八年もたつのですから、ふられたのですから、もちろん、アドレス帳から削除していた。それなのに。

……こっちに来ているんだ。きゅうだけど、会えないかな。

風の便りで、結婚のことを知ったのかと思いましたが、もしそうなら、かけてくるようなひとではありません。

会わないと、すぐにいうべきでした。でも、声が出ませんでした。ゼミでお世話になった教授のお祝いで、小豆島から来たこと。きのうから、学生のころ住んでいた武蔵小金井駅前のホテルに泊まっていること。力いっぱい張りつめていた糸が、やわらかくたわみ、ゆっくりほどけていくのをながめるように、声を聞いていました。

……会えないか。やっぱり。

……きょうこれから、すこしなら。

ふたりがいったのは、ほぼ同時でした。そして、じぶんがじぶんに、いちばん裏切られた思いがしました。元気でと笑って別れて、八年も忘れられなかった。もう会うことはないと思っていた。その長い時間が、迷いもしないひとことで、はじけてしまった。

きょうの三時、吉祥寺で、一時間くらいなら。

翌日になれば、ためらったでしょう。いそいでしたくをしました。中央線の景色をながめながら、かき消しては浮かぶのは、ほんとうにお米ひと粒ほどの、手ばなしたはずの期待でした。もし、あのひとがもう一度といったら。いっしょに島へといったら。手のひらはつめたくなって汗をかき、高い山にいるように、空気が薄く、息ぐるしくなりました。

ぼうっと駅ビルへと歩きながら、ちっとも変わらずに、つい先月会ったみたいと思いました。あのひとは、ほんとうにちっとも変わらず、よく待ちあわせをした書店にいました。

……来ることがあっても、とんぼ返りばっかりだったから。吉祥寺、ほんとうになつかしいなあ。沙代ちゃん、かわらないね。

くりかえして声にされる、なつかしさ。そのひとかけらとして、いまここに立っているんだ。気の抜けたような、がっかりしたような。駆けつけて、冷や汗かいたりほてったり、恥ずかしかった。

日曜日の喫茶店はどこも混んでいて、あきらめて駅の近くの公園をぶらぶらしました。あのひとは、早起きをして小金井公園もひとりで散歩してきたといいました。そこは、毎日のようにデートしていた公園です。

卒業してからいっていないのと、嘘をいいました。佐野さんに初めて会ったお見あいの帰りに、ひとりで散歩をして、あなたのことを思い出して泣いたなんて、さすがにいえませんから。

変わったお店、変わらない道、ふたりで見つけて立ちどまるうち、一時間はあっというまでした。

じゃあね、元気でね。

別れた日とおなじように、駅で見送ってくれました。

ここまでは、親友のゆみちゃんにも話しました。ゆみちゃんは、結婚まえなんだもの、ほんのすこしの感傷があるくらいがほんとうだよと、なぐさめてくれた。

クリスティ。ここからは、見ずしらずの、会うはずのないあなただけに話します。

結婚するといえないまま、駅のホームに立って。

……また。連絡するね。

電車の扉がしまる瞬間、あのひとは、まっすぐに見てそういった。首を振るも、うなずくこともできなかった。

なつかしいクリスティ、あなたにしか話せない。あなたを知ったのは、あのひとのおかげだったのですから。


通りかかったフリーマーケットで、見つけた。似あいそうだったから。

あのひとがくれた誕生日プレゼントは、明るいブルーの、ジャージの上着だった。古着の、さらにおさがりだったのに、あざやかな色がひと目で気に入った。

……このジャージのいちばんいいのはね、ここなんだよ。

襟もとに縫いつけた名札には、名まえと、ウィメットの住所と電話番号がありました。

CHRISTTY。

子どもっぽい字もそのはず、上着はキッズサイズだった。そのときもう二十歳だったけど、日本人のなかでもとてもちいさいから、かさねてみるとぴったりだった。へたっぴいな字だろ、クリスティちゃん。あのひとが笑った。

きっと、この女の子のからだはすこやかに成長して、この上着がきゅうくつになった。そして、誰かのおさがりにと譲った。その上着が、カナダの空を越え海を渡り、はるばる日本まで届いた。ちなみに値段は、百円。

……ほんとに似あうよね、そのクリスティ。

……ありがとう。とっても便利なの、このクリスティ。

着るたびに、どちらかが名まえを呼びました。

似あうし、便利だし。ものもちのよさをいいわけにして、あのひとと会わなくなっても、古着のジャージ一枚、捨てられなかった。学校でも着ている。はおるたび、見しらぬ少女の書いた、かたことのアルファベットが目に入る。

カナダの大峡谷の少女は、どんなおとなになっているのかしら。せわしない日々のときおりに頭をよぎり、見知らぬひとの幸福を願った。そのことで、なんども救われたと思った。ほんとうに、あの失恋をうらまずにいられた。きょうも、着てきた。暑くなって、ザックのなかにしまった。いつもは思うだけだけど、きょうは彼女の笑い顔まで、浮かぶ気がする。

きょうの晩ごはんは、八王子の佐野さんの実家。佐野さんが、カレーを煮こんで待っていてくれます。引越しの荷づくりを始めなくてはならないし、山をおりたらまた、忙しいことばかりです。

峠の食堂の屋根が見えてきました。足がはやまります。おなかもぺこぺこです。

いちばん大切な恋は、もう終わっているはずでした。

あのひとは、また、といった。またなんて、ないのも知らないで。子どもたちには、毎日のように、前へ前へ、ふりむくなといいつづけているのに。そして、会ったことを悔やめないのは、なぜでしょう。こんな気もちになるなら、うらんだほうが、よかったのかもしれない。

……ホウ、ホケキョウ。

うぐいすは、さっきよりじょうずに鳴いています。また、返事をしたらいいかしら。梢を見あげながらのぼっています。足だけ、とまることがこわいみたいに、順調にのぼっていきます。

ホウ、ホケキョウ。鳴き声は、呼び声。

クリスティ。話し相手になってくれて、ありがとう。

遠くにいるあなたの幸福を、いつも願っています。

青嵐

三社祭は終わっても、浅草には連日わんさか、ひとがいる。六区のあたらしいビルのあたりは、おみやげを買いまくる団体さんであふれかえっている。

すみませんすみませんとかきわけ、ホッピーロードを駆けぬける。セーラー服だと、かならず酔っぱらったおっさんが声をかけてくるから。

ただいまー。

ゴー、ストレートね。そっから、ライト。それでまた、ストレートのレフトサイドよ。

えっちゃんは、めちゃめちゃな英語で、道案内をしていた。身ぶり手ぶりは、ヒップホップダンスみたいになってる。

……おかえり、お疲れさん。

るみおちゃんが、厨房から首をのばす。定食の店・愛六区《ラブロック》は、花やしきと、木馬館と、バック・パッカーのドミトリーと、ラブホテルと、そういうディープ浅草を詰めあわせたところにある。

叔母のえっちゃんが、パートナーのるみおちゃんとここを開いたのは、小学校に入った年だった。

はやくに両親を亡くしたえっちゃんとうちの母親の姉妹は、働きながら定時制の高校に通った。姉はホッピーロードの煮こみや、妹は、六区のそばや。そうして母親は、店の客とつきあって、妊娠して、臨月になって、男に逃げられた。

うちの母親のすごいのは、そこから人生やりなおすって、赤ん坊にお乳を吸わせつつ猛勉強した。国立大学の経済学部に合格すると、四年後にはその根性を買われて、外資系銀行に就職した。ひとり娘はえっちゃんにあずけて、世界じゅうで働いていた。ここ数年は、日本に帰ってきていて、いまは名古屋にいる。

母親は、いまでは三社祭とクリスマスぐらいしか帰ってこないから、家族といっても補欠とか助っ人みたいな感じで、ふだんは、えっちゃんが母親、るみおちゃんが父親になってくれている。

じいちゃんばあちゃんがのこしてくれたうちの長屋に、るみおちゃんが越してきたのは、おととし、高校の入学式の日だった。それまでふたりは、子どもがいろいろ悩んだり、ひとにいわれたりしないように、気をつかってくれていたんだと思う。まあうちは、家なんて帰って寝るだけ。ごはんもお弁当も、みんな店で作っているから、となりのグリーン・ドミトリーとかわりない。学校が終わっても、長屋には帰らない。カウンターのいちばんはしで、宿題をすませてしまう。

えっちゃんとるみおちゃんは、バー紫蘭のひろしママの紹介で出会った。

ひろしママは、うちのじいちゃんの親友で、えっちゃんの働いていたそばやに毎日昼ごはんを食べにきていた。そしてあるとき、めずらしく上天丼をたのむと、あんたにぴったりの子があらわれたから、会いにおいでといった。それで、泪橋のお店にいったら、るみおちゃんがいた。

そのころ、るみおちゃんはまだ大学生で、黒いタートルネックのセーターに、黒いパンツで、息をのむほど美しかったという。女子高生のとき、文化祭でロミオを演じたら、こっちのほうがほんとうだってわかって、それいらい、るみおちゃんになったときいた。

えっちゃんは、ひろしママのおみたて通り、すとんと恋に落ちた。るみおちゃんも、冬の朝に目をぱちぱちしてる柴犬みたいなえっちゃんを、かわいいなって思った。ふたりとも、同性とつきあうのははじめてだったけど、お友だちからはじめて、今日までつづいている。

ふたりの運命の出会いは、いまも泪橋の奇跡と語りつがれ、紫蘭は縁結び酒場としてテレビにもでて、大繁盛している。男だ女だなんて、迷う暇なんてなかったのよ。えっちゃんは自慢する。

るみおちゃんは、大学を卒業すると、家族にえっちゃんと生きていくと宣言して、大阪の割烹に修業に出た。そのあいだ、えっちゃんは、そばやと宅配便のパートをかけもちして、独立資金を貯めていた。えっちゃんの働いているあいだは、ひろしママのお店にあずけられて、いろんなおとなに遊んでもらっていた。

うちの母親とえっちゃんは、顔も性格も似ていないけど、これと決めたときのエンジンは、おなじものが搭載されている。紫蘭に迎えにきてくれるえっちゃんは、いつもよれよれで、ほこりっぽいぼさぼさの髪で。でも、目だけきらきらして、とってもかっこよかった。

るみおちゃんは、大阪から帰ってくると、浅草じゅうの店を徹底的に食べ歩き、お肉もお魚も使わない精進定食の店にすると決めた。となりのドミトリーの、ベジタリアンのお客さんをみこんだけど、開けてみると、飲み疲れのホステスや板前さん、芸人さんの卵、役者さん、町内えりすぐりの濃い顔ぶれが、ずらりと集うようになった。

いまも、化粧を落とした女形座長と、角刈りの女剣劇の座長と、ロック座のおねえさんが、あらひさしぶりと相席してる。いつでも楽屋みたいににぎやかだから、つられて外国のお客さんもおもしろがって来る。去年、ムスリム・フレンドリーにしてからは、お客さんがぐんと増えて、毎日がオリンピック村みたいになっている。

店のおくで着がえていると、夜の部まえの一時間の休憩に入って、えっちゃんがお茶に呼びにきた。

……コーコ、三者面談、来週のさ。あんた、進路の紙ちゃんと出したの。連休明けに出さなきゃっていってて、どうしたの。

うーん、まだわかんないんだよねえ。

まあ、そうだよね。でも、あんたはお姉ちゃんに似て、成績のいいのだけがとりえなんだからさ。大学に入ってから考えてみても、いいんじゃないの。あたしは、あんたの年には店を持つって決めてたけどさ。わかんないなら、行っといたら。

えっちゃんは、軽くプレッシャーをかけると、三人ぶんのお茶をついで、ふきんをあつめて、煮洗いする。

たしかに、猪突猛進は、竹谷家の女の道ではあるけどなあ。

るみおちゃんは、飛龍頭をせっせとまるめはじめる。はたらきもののふたりは、お茶をのむ間も惜しい。

るみおちゃん、大学で考古学勉強したんでしょう。でも、この仕事とぜんぜん関係ないみたいだけど。なんか、役に立ってるの。

……直接はないけどさ、根気よくなったとかぐらいだけどさ。でも、行って損するわけでもないし。まあ、なんにせよ、コーコの根性しだいだなあ。

その根性がねえ、わかんないの。ぼんやりしてさ、力が出ないっていうか。ここ手伝えるように、栄養士とかになるか、とかしか思いつかない。

……コーコ。

ふたりは、同時にこっちをむく。うちは、給料なんて出せないよ。

いいたいことは、わかってました。

……じゃ、ちょっと出てくる。八時ごろ帰ってくる。

竜之介くんに、よろしくね。晩ごはんはここにおいでって、いいなさいよ。なんだかんだいって、今回は続いてるじゃないか。しけこむときは、よその町にしなよ。このへんは、天然の監視カメラが、びしばしなんだからな。厨房のふたりは、手をふる。

六区の麗人といわれたるみおちゃんも、すっかりおっさんみたいなことをいうようになった。

アンヂェラスの二階にいくと、竜ちゃんは、レモンパイをつまみにハイボールを飲んでいる。ハイボールには、レモンパイ。おじいさんのころからの組みあわせだって自慢されて、お坊ちゃんなんだなって思った。

うちには、そういういい伝えみたいなものは、まったくない。だいいち、外食もしないし。るみおちゃんか、えっちゃんが、作ってくれるから。そういったら、考子ちゃんのほうが、お嬢さまだよっていわれた。

高一の六月からつきあっていて、もうすぐ二年。たしかに歴代でいちばん長い彼氏ではある。

竜ちゃんは、大学出たら、ちょっと就職して社会勉強して、江戸時代から続いている向島のおそばやさんを継ぐ。通ってる大学も、ひいおじいさんからおなじ。進路は、小学校の作文に書いたときから、まったくぶれていない。そういうひとには、相談のしようもない。

そんなに悩むなら、考子ちゃんも学校出て、ちょっと働いて、うちの嫁になればいいってからかわれて、おしまい。

同級生は、ほぼ附属の女子大に進学するらしい。あいかわらず友だちはいないから、附属に行く選択肢だけは、ない。

……竜ちゃんみたいに、ちいさいころから道が決まってるひとと、うちの家族みたいに、なにもかも蹴とばして進むのと。なんで、こんな極端なサンプルしかないんだろう。

……まあ、極端だから、惹かれあったわけでは、あるけど。

竜ちゃんは、ゴルフクラブのかたちのマドラーで、ハイボールをかきまぜ、なかに沈んだ赤いさくらんぼを釣りあげる。あーんしてというから、あーんとあけた。

アンヂェラスを出てぶらぶらすると、くろいあげは蝶が、ツツジとばらのうえをひらひらしている。考子ちゃんみたいと、竜ちゃんがいう。お花がいっぱいあって、迷って、ぱたぱたしてる。

これからどうしようか、どこいく。えっちゃんが、お肉とお魚いらなかったら、夜はうちで食べたらって。そんな、いつも悪いなあ、でもそうしよ。

えっちゃんとるみおちゃんは、竜ちゃんのお行儀のいいところが気に入っている。竜ちゃんも、料理人としてのるみおちゃんと、ふたりだけで清潔な店を維持してるえっちゃんを尊敬するっていう。

ものごころついてからずっと、えっちゃんとるみおちゃんを世界最強のカップルって思ってきた。竜ちゃんは、優しいし賢いし、申し分ない。でも、竜ちゃんとふたりが話してるのを見てると、世界最強の道って、ほど遠いなあって思う。なにがたりないのかは、わからない。

……まあ、もんもんとしてんなら、花やしきいけば。すっきりするんじゃない。

きょうは風がつよくて、動いてるか心配だったけど、ジェットコースターはちゃんと動いていた。

いやなことは、花やしきのジェットコースターに乗ってふっ飛ばすのが、いちばん。これは、えっちゃんに習った。あれに乗って、ああまだ生きてるって思ったら、なんでもできるのよって教えてくれた。竜ちゃんはこわがりだから、いつもベンチでビール飲んで待っっててくれる。

安全バーを確かめ、ガタンガタン、動き出す。まえに、ものすごいでっかいカップルが乗っている。ひとりずつ乗ればいいのに、ならんでみっちりすわってる。わき腹、はみ出してる。お客はそれだけだった。がたんがたん、上昇していく。物干し台、トタン屋根、浅草寺の緑がざわざわしてる。うちの店も見えた。

てっぺんで、ふっと停止すると、せまい園内を微妙なスピードで滑りだす。轟音のむこうに、うすっぺらな夕月が、ふるえてる。

ドミトリーの旅人たちは、若いうちは世界を旅しなきゃだめだよっていう。えっちゃんは、直観を逃すなっていう。母親は、二十歳までは食わせてやるっていう。るみおちゃんは、根性を信じろっていう。なんでもできるはずなのに、どうしてひとつに決めなきゃいけないんだろ。みんなどうやって、なにかになれたんだろ。

しろいパンツが、にわとりみたいにはためいてる。ＪＲＡの馬のマーク、ラブホ、五重塔、ああ、ここはなんでもありすぎる。

ワーオ、オーマイガー。カップルが笑いながら叫んでいる。

うざー、めんどくさー、わっかんねー。みぎに左にからだをよじらせ、いっしょに叫んだ。

ちょっとすっきりしてベンチにもどると、竜ちゃんは、まぶたをあかくしていた。いつもの、すけべなときの顔で、にやにや見あげてくる。

……いいよ、いこう。

手をつなぐと、指を組んで、さわさわ動かしてくる。

地下鉄で、稲荷町までいって、ホテルにしけこんだ。竜ちゃんは実家だし、うちには、えっちゃんと母親が決めた不文律がある。

性交は、外。

うちの家訓は、これだけ。そういったとき、竜ちゃんは、しみじみうなずいて、考子ちゃんの家は最高だといった。

……きょうは、えーと、ここにしよ。

竜ちゃんは、二番めに高い部屋のボタンを押した。サービスカードがいっぱいになったから、ぜいたくしようといった。

けっきょく、進路希望票には、竜ちゃんとおなじ大学の、おなじ学部を書いて出しておいた。先生は、まあ行けるだろうといった。出したとたんに、なんともなまぬるいなあと、落ちこんだりした。思えば、あそこまでが、嵐のまえの静けさというものだった。その日、授業が終わると、むかむかっと気もちわるくなった。へんなものを食べた記憶もないのに、駅のトイレで吐いた。

えっちゃんに電話すると、ノロだとこまるから、店に来ないで直接病院にいくようにいわれた。寒気もしてきた。がんばって浅草まで帰って、観音さまのうらの、救急病院にころがりこんだ。

熱と、吐き気です。

横になって、おなかを見せた。ものすごいきれいな女医さんは、胃、すい臓、肝臓と超音波の機械でなぞりながら、ふと手をとめてこっちを見た。

……ちなみに、妊娠の可能性はありませんよねえ。

その瞬間、ひな祭りの晩、しけこんだホテルを、なぜだか、ありありと思い出した。

まっかなベルベット調のカーテン、オレンジと水色のしましまの枕。なんだかわからない、白鳥の湖みたいな絵。ちいさい冷蔵庫。眠って起きたら、さかりのついた猫の声がきこえた。

……なくはないかも、です。

そのとたん、内科から婦人科にまわされた。ものすごく気もちわるいのに、おめでとうございます。ご懐妊ですといわれた。

ぼうぜんとしたまま病院から帰ると、定食の店・愛六区は、いつにもまして満員御礼絶賛繁盛中だった。

るみおちゃんは、顔をまっかにして精進揚げをしてた。えっちゃんは、にこにこしながら逃げまわってるみたいに、お盆を両手にお運びしてた。ひろしママも来ていて、手をふってくれた。

あなた、まだ学生さんでしょう。親御さんとよく相談して、明日かならず来るように。耳のなかのお医者さんのことばをはらって、大声を出した。

ただいま、帰ったよっ。

……どうだった。ノロじゃなかったんだね、よかったあ。

ノロでもないし、病気でもなかったよっ。

……あら、なによ。なに怒ってんの。じゃあ、なんなの。

怒ってないよっ。おどろいちゃった。妊娠したんだって。しかも、双子みたいなんだって。

店のなかが、しんとした。みんな、まぬけな眉をして、こっちを見てる。そうして、えっちゃんがお盆を落っことしたのを合図に、絶叫と拍手と、世界中のおめでとうがあふれかえった。

るみおちゃんは、竜之介のやつ、しょうがないなあと首をふってる。えっちゃんは、あたふたと母親に電話する。ひろしママは、ひ孫を抱けるのねと泣きだす。ハグと握手でもみくちゃになりながら、ああこれがうちなんだなって思ってた。

その晩のうちに、竜ちゃんが、両親と店に来た。

母親も名古屋から帰ってきた。だいじな娘さんにと平あやまりする竜ちゃんのお父さんに、うちはなんでもありですから大丈夫ですとなぐさめていた。竜ちゃんのひいひいおじいさんも、双子だったと知った。

母親にははり倒されるかもと思ってたら、逃げない男を捕まえたんだから、上出来じゃないの。考える子って名まえつけたかいがあったわ。めずらしく、ほめてくれた。

高校は、安定期に入るまで休むことになった。そのあいだは、レポートと宿題を出せば、なんとかしてくれる。勉強なんて、落ちつくまでできないよっていわれたけど、あの日いらい、つわりはほとんど消えた。えっちゃんとるみおちゃんが、いいもん食べさせて育ててくれたからと、みんながいう。

先週の大安吉日には、入籍をした。結婚式もお嫁入りも、子どもがうまれてから、いっぺんにすることにしたので、しばらくごろごろぶらぶらしていられる。

夫となった竜ちゃんは、大学を休学して、お店の修業をはじめた。どっかに就職とかあまちゃんなことをいってたのに、かわいそうだけど、しょうがない。ジェットコースターは、もう発車しちゃったんだから。

いまは、毎朝観音さまに安産祈願をして、川べりを歩く。新緑は日に日にふくらんで、初夏の風にざわざわと、スカイツリーをくすぐっているみたいで、こそばゆい。

このおなかに、ふたりも人間が入ってるなんて、いまだ信じられない。ジェットコースターでいえば、いまは、カタンカタンとのぼってるところなんだなあ。

妊娠がわかった瞬間、あたまのなかがざーっと涼しくなって、まぶたのなかにオレンジいろの光が見えた。だれがなんていっても、ぜったい大丈夫だからね。すぐにおへそにむかって声をかけた。まったく迷わなかった。これしかない。力がむくむく湧いた。

えっちゃんが、ビビッと鳥肌がたつっていってたのは、これだったんだってわかった。

それにしても、花やしきにいったとき、すでにひとりじゃなかったってこと。知らなかったとはいえ、おそろしいことして。えっちゃんに、いわれた。

世界最強のカップルの道は遠いけど、生まれてくる双子が、世界最強の助っ人になってくれるんだね。

梅雨明け

住所録の、カ行で指をとめる。熊谷慎之介。五年ぶりに、かけてみる。

……はい。

いぶかしげに出る寝起きの声が、なつかしい。

熊ちゃん、ひさしぶりだねえ。

ゆみっぺ、どうした。熊ちゃんは、おおきな声になって、ものすごくおどろいた。

学生時代、おなじバンドでベースを弾いていた熊ちゃんは、大学卒業と同時に専門学校に入りなおし、飛騨高山の家具の工場で働いている。年にいちどのサークルの同窓会も、遠くに住んでいるから来られない。

東京そだちなのに、あんな雪深いところで生きられるのかね、毎年みんなは心配する。そのたび、大学からベースを始めて、あれだけ上手になったんだもの、きっと器用に家具を作ってるよ、むいた仕事をさがした結果なんだから、大丈夫だよ。なぜだか、かばっちゃう。

あのころは、おたがい恋人がいた。仲間はいまも、結束がかたいけど、そのなかで、こまったとき悩んだときにいちばん力になってくれたのは、いつも熊ちゃんだった。恋人とけんかをしても、熊ちゃんに諭されると、すなおに反省して、謝れた。

……なんか、こまったことあったんか。

熊ちゃんは、心配そうにきく。

……こまってはいないんだけど、有給がたまっちゃってさ。それで、飛驒高山に遊びにいってみようかと思って。

あいかわらず、いきなりだなあ。熊ちゃんは笑って、いいよ、一日は晩めしはつきあえるよ。でも、せっかく来るならいい町だから、二泊はしたらいいよ。日にちを決めると、おすすめの旅館を教えてくれた。そのうえ、観光地図を送ってくれるという。

くちかずが少ないくせに、じつは仕切りたがりなところ、変わっていないんだな。海水浴、バーベキュー、花見、そういうときの段取りは、いつもぜんぶ熊ちゃんがしてくれていた。

名古屋で特急に乗り換え、二時間半。窓は快晴。川のはばがひろくなって、コンクリートの色が減って、だんだんみどりの田んぼに塗られていく。こんもりした山がいくつもかさなり、すすむ列車についてくる。関西と東海地方は、梅雨明けした模様です。模様って、なんだよ。出がけに、テレビのお天気お姉さんに、つっこんだことを思い出す。

となりでは、おじいさん三人組がお弁当をひらき、お嫁さんの悪口に花を咲かせている。耳をおおきくしたり、うつらうつらしてみたり。新人の教育係にあけくれるうち、ことしの桜も思いだせない。眉間のしわは、深くなるばかり。恋人もいない。平日の有給休暇、ほかの社会人のみなさんは、どんなふうに過ごすんだろう。

熊ちゃんの送ってくれた地図を、ひらく。またひとりふき出してしまった。

居酒や、そば、ラーメン、焼きそば、洋食、バー、パン、おむすび、ハンバーガー、喫茶店、料亭、ステーキ。

丸じるしは、食事がピンク、観光がブルー、買いものがみどりと、色わけしてある。朝市は毎日雨天も開催、帰る日は、かならずお餅を買うこと。そんな注意事項まで書いてあるのはさすがだけど、二泊三日で、こんなに飲み食いできないよ。

高山に着いて、指示のとおりに電話をいれた。ちょうどお昼休みが終わったところだった。きょうのお昼はカレー、めしは大盛とのこと。あいかわらずの、しろめしキング。

熊ちゃんは、七時に宿にくることになった。それまで、なにしよう。

駅を出ると、観光案内所があった。外国のカップルさんが相談している。おどろくことに、高山駅に降りたほとんどが、外国からの観光客だった。そばに寄ると、バイシクゥー、レンタルゥ、ショップゥ、英単語が聞こえる。なるほど、バイシクルは便利そう。それで係のひとに、こちらも借りたいのですが。かたこと会話に混ぜてもらった。

熊ちゃんの地図に丸をつけてもらい、大荷物をしょったふたりと歩きだす。

レッツゴー、サイクリング。

かたことでいうと、イェーと彼女がいい、彼は親指をたてた。レッツゴーなんていったのは、中学いらいだなあ、顔があつくなる。

歩くうち、アメリカからきたこと。再婚同士の新婚旅行。男のひとは薬やさんで、女のひとは先生をしている。ひと月かけて、日本じゅうを旅する。彼女はみどりの目をくりくりさせて、飛騨高山はミシュラン・ガイドに星がついている町と教えてくれた。

店さきに、ぴかぴかの自転車がならんでいる。貸自転車のおじさんは、ふたりに英語の説明書を見せ、ユーたちはこれと、これ。自転車を選ぶ。ここでギア、チェンジ。キーは、ここをこうする。動作で説明し、ふたりはまじめな顔でうなずく。そうして、大荷物をしょったまま、アリガットゥー、サヨナーラーと出発していった。

……外国のお客さん、多いんやさ。

おじさんは、いろんな国のお客さんと撮った写真を見せてくれた。

二泊三日、このあかい自転車ね。やっぱりおなじように、ギアと鍵を教えてくれた。おじさんは、道に出ると空を見あげ、天気がよくてよかったね、気をつけてねと送ってくれた。

旅行かばんをかごに入れて、あかい自転車をこぐ。

すぐに熊ちゃんが通うパンやさんがあった。たっぷり卵がはさまった、でぶっちょのサンドイッチと、となりにあったミルクボール。すすめられたとおりに買うと、お店の女のひとは、ミルクボールはかならず割ってから食べてくださいねと真顔でいった。

ゆっくりこいで五分ほど、川につきあたった。子どもたちが水遊びをしている。男の子はひざまでつかって、水をかけあっている。女の子はおおきな岩にすわって、足をひたしている。東京では見たことのない鳥たちが、水浴びをしている。

水辺におりる階段に腰かけ、パンの袋をのぞく。ミルクボール、割らないで食べるとどうなるのかね。そのままかじると、ミルククリームが、むこうにびゅっと飛び出た。サンドイッチを、思いきりかじる。すずめも、えさをくわえて飛んできた。

この川が、宮川ね。町の中心に横たわり、伝統的建造物群保存地区というのが、流れにそってつづいている。高台の寺町には、宮川と並行する江名子《えなこ》川という川もある。どちらもいくつも橋がかかっている。

地図と目で橋の間隔をたしかめると、熊ちゃんがすすめてくれたところは、自転車で川をのぼってくだって、橋を渡り、のんびりまわれそうだった。

あかい鯉があつまってくる。みなもは輝き、ちいさな魚がはねた。階段は太陽であたたまり、お尻はぬくぬくする。さながら岩盤。思いきり、あくびする。

山のほうにかかっているあかい橋は、中橋。反対がわをむくと、凱旋門のようにおおきい鳥居が立っている。高校生のカップルが、橋をわたっている。男の子は自転車を押し、セーラー服の女の子とゆっくり歩く。ふたりのわきを、町を循環するバスが、追い越していく。

鬼リーダーの氷川由美にだって、ああいうころがあったんだから。あーあ。夏の終わりの雲が、浮かんでいる。

子どもたちは、帰っちゃった。ぽつんと残され、ようやく腰をあげた。

自転車に乗ってめぐると、からだが町の風にとける。

スケートボードに熱中している男の子、日なたぼっこのおじいさん。川ぞいの百日草やコスモス、畑のねぎ。ひとも建物も、風のはやさで流れる。風の目になるぞ。そんなふうに、がんばってこぎだそうとすると、小学生がこんにちはと声をかけてくれて、ふと、ひとの姿にもどれる。用水路が町をめぐり、澄んだ水音が、とぎれることなくついてくる。

からすが鳴いた。宿にむかうと、すこし、ふとももが張ってきた。

ごめんください。こんにちは、お世話になります。

玄関先にいたちいさな男の子が、ふしぎな歌をうたって迎えてくれた。

お祭りのおはやしですね。おかみさんは、かわいいお孫さんに目をほそめ、自転車なら、まだ暑かったでしょう、お風呂をどうぞとすすめてくれた。壁に、しろい馬の絵が貼ってある。絵馬です。福が駆けこんでくるよう、頭を家のなかに貼るんです。おみやげに人気があるという。

湯船に、手足をのばして目をつぶる。

いろんな緑いろの山なみと、西日に輝く、きょうのみなも。

熊ちゃん、いい町に住んでるんだねえ。

七時五分まえに来た熊ちゃんは、からだに厚みがついて、肩もがっしりしていた。

いい帽子かぶってる。

会社のなんだ。へへっ。あおいキャップのつばをつまむ。

ならんで歩くと、からんころん。下駄ばきだった。

……そう、飛騨杉の下駄。一日じゅう、ものすごい蒸し暑いところにいるからさ、うちに帰ったら下駄にしてんだ。いいよ、夏は。ゆみっぺも、買って帰りなよ。

宿から歩いてすぐのところに、おいしそうなお店のならぶ小路があった。熊ちゃんは慣れたようすでじぐざぐまがり、居酒やさんに入る。

漬物ステーキ、ハム、名物の赤かぶ漬け。これがうまいんだと、地元のひとのようにすすめ、締めのラーメンの腹を残しておくようにという。

そうだった。熊ちゃんとは、うまというより、腹があう。なかなか見どころがあるね。はじめてほめられたのは、ドラムではなく、食べっぷりのよさだった。

……きゅうに来るから、失恋でもしたと思ったけど、元気で安心した。

ぜんぜん不変。やたら忙しいだけ。ねえ、親友の沙代ちゃんって覚えてる、よく学園祭とかライブに来てた子。あの子も、八月に結婚するんだ。ほーんと、こっちはからきしだめ。失恋して泣いてるくらいのほうが、幸せだって。

そういうと、すぐに、ゆみっぺはむかしから、顔がかわいいくせに努力がたりないんだといわれる。ゆみっぺなんて呼ばれるのは、バンド仲間だけだな。くもった眼鏡をおしぼりで拭き、より目で、熊ちゃんの太い眉を見る。日焼けしてる。

……いまは、どんな家具作っているの。

いまはね、木をまげてる。ほら、ここのこういうとこ。すわっている椅子の背をさする。曲げ木は、まっすぐ繊維が通ってて、きれいなんだ。丈夫だし、無駄もない。これも、うちの椅子だよ。得意そうに、工程を語りはじめた。

型に蒸した木をセットして、とんかちで叩く。中心に印をつけて、プレスする。蒸す時間は、材料によるので、経験を積むしかない。先輩に教わって、失敗をくりかえして、覚えた。蒸す温度は百度、夏の作業場は四十度を超える。

ちゃんと蒸さないと、割れるんだ。木の糖分の、甘い匂いがするんだよ。

木って、まがるんだ。メープルシロップの甘さを浮かべる。たいへんな仕事だね。

……大変だよ、資格試験もあるし、腕をぜんぶやけどしたこともある。でも楽しい。

さて。ラーメンのまえに、もう一軒寄れるね。

熊ちゃんは時計を確かめ、バーにつれていってくれた。よれっと酔った丸眼鏡のマスターは、外国のお客さんに英語でなにか声をかけてから、ボブ・ディランのLPをかける。あの新婚さん、どうしてるかしら。あんまり強くない熊ちゃんは、水割りを頼んだ。

……いろんな部門があるんだよ。布にミシンかける縫製とか、クッションのウレタンを詰めるところとか。これも、あんがい力のいる仕事。寮にいたときに仲よかったやつがそこにいて、そいつはほんとにきれいに、シーツをぱしっと敷くんだよ。毎日からだを使うから、しぜんにからだで、いろいろ覚えるもんなんだなあ。

熊ちゃんたちの会社の家具は、壊れたら修理もしてくれる。修理は、むかしの製品を知っているベテランのひとが担当する。なんでも知ってるんだよ。熊ちゃんは、学生時代にジャコ・パストリアスがいかに天才かと語ったみたいに、仕事のはなしをした。

あれから、まだ彼女できないの。

きいたほうがいいかな。すこし迷って、やめた。

……結婚して、子どもが生まれて、巣立って、うちの家具は、そういうおうちにある。将来さあ、修理部にいって、じぶんの作った椅子に再会できたら、感動するだろうなあ。

締めのラーメンやさんに閉店まぎわに駆けこみ、もやし山盛りのラーメンを食べながら、熊ちゃんは明日の予定を組んでくれた。

せっかく来てくれたのに、遅番で案内できなくてごめんな。地図にまた丸じるしを増やして、なんどもあやまる。

あんまり満腹なので、保存地区をぶらぶらした。ひとがあふれていた古い家なみはしんとして、闇の濃淡だけになっている。ほのかに木の匂いがする。版画みたいだね。むかしは、こんなに暗かったんだよなあ。あかい橋のたもとに立ちどまる。

……ここは料亭なんだ。高山の宴会では、めでたっていう祝い歌を歌ってから、無礼講になる決まりがあってさ。うちの社長は、それがうまくて、祝いごとがあるとかならず披露するんだ。

熊ちゃんの下駄が、ちいさく鳴る。水の流れる音が深くなる。このあたり、雪が降るともっときれいなんだ、寒いときに、またおいでよ。暗がりに、歯が見える。ほんとうに、いい友だちだな。ちょっと泣きたくなる。

料亭のあかりは、消えている。飛騨は、夜がはやいんだよ。それから熊ちゃんは、両腕をちょっとひらいて、だっこしてやろうかといった。

……なにいってんのよ。

へへっと笑って、宿まで送るよ。背をむけた。

翌朝、熊ちゃんにいわれたとおり、六時に起きた。お天気は、くだり坂です。なによ、梅雨明けしたんじゃなかったの。残念顔のお姉さんに、またからむ。

高山は、早起きの町だった。朝市は、とてもたのしい。りんごジュースをのんで、野菜、花、赤かぶ漬け、とんがらし、はちみつ、かわいい猿ぼぼ。買いものをしつつ、朝市のおばさんたちの朝ごはんをのぞき見した。お弁当箱ではなく、お茶碗とお椀で食べている。おつけものが、おいしそう。近くの食堂から、トーストセットを運んでくるおばさんもいる。

……ここは、台風でもここにゃ休まんよ。

いんげんをはかりながら、おばさんが笑う。そこに、なじみのおじさんが、男は雨に濡れるくれぇがええ。ええ男は、濡れにゃだしかんさ。はなしにまざって、過ぎていく。たくさんのハーブと、にんにく、有機野菜をならべている若い女のひとは、空を見あげてよかったよねえという。

……ずっと雨が降らなんだもんで、明日はひと息つけます。

畑には、恵みか。通りがかったおじいさんが、きょうも出てくれたんだねえと声をかけた。顔みたかったよーと嬉しそうにいう。女のひとは、照れて会釈を返す。

国分寺の大銀杏と三重塔、桜山八幡宮、東山の寺町をまわって、文学館、民芸館。見学コースを終えると、喫茶店で休み、履物やさんで、春慶塗の下駄を選んだ。

……また来ることがあるなら、花緒の調子は、いつでもなおしますから。

だんなさんは、ひざに手をおき、ていねいに頭をさげてくださった。

また来ること、あるのかな。きのうの夜道の下駄の音、からんと鳴る。

目玉焼きののった焼きそばでまたもや満腹になると、熊ちゃんがかならず寄るようにといったお醬油やさんにむかった。

のぼり坂は降りて、押してのぼっていると、ハンドルが揺れて、よろける。歩道にいたおばあさんにご苦労さまと声をかけられた。きょうの自転車は、なんだか補助なしのこころ細さ。ながいあいだ、それがふつうと思っていたのにな。

見あげた栗の木に、あおい、いがいがの実が、たくさんついている。熊ちゃんの工場は、ほんとうの熊が出たといってた。

この春の夕暮れ、工場のまえの桜の木に子熊がいて、ちいさな実を食べていた。

……日本の山はみんな杉になって、熊は餌がないからおりてくる。ひとの住むところに熊が出るんじゃなくて、熊の住むところにひとが入ったんだ。

熊ちゃんは、名まえのよしみか、同情していた。

豆味噌、米麴みそ、天然たまりしょうゆ。

味をみて、はかり売りをしてもらう。店のなかからおもてをふり返ると、古いのれんに午後の光がさしていた。しろい大きな麻ののれんは、数えきれないほどつぎがあたって、透けて、ステンドグラスのようだった。教会にいるような、しずかな時間。

……強い風にさらされとるもんで、ぼろぼろで、おはずかしいんですが、はずさないほうがええって、いわはるひともいらして。

ゑび坂辻、丸五、みそや。文字のところどころ、うすくなっている。のれんを守るっていうのを、ちゃんと目で見られた。熊ちゃん、この奥さんに会わせたかったんだね。

あとは、こいで食べて、こいで食べた。

晩ごはんのレストランは、町のひとばかりだから、ひとりでもさびしくないからとすすめてくれた。

中庭をながめながら、飛騨牛ハンバーグを切っていると、熊ちゃんからメールがきた。

ゆみっぺ、ごめん！　最高のそばやを忘れた！

熊ちゃん、ありがとう。

でも、もうおなかいっぱい。

つぎは雪を見にくる。だっこは、考えとく。

風鈴

裏口の鍵をあける。棚と壁の細いすきまに、手をさしこみ、明かりをつける。まえの晩、カウンターにならべて帰ったリモコンが目にはいる。エアコン、ステレオ、夏場は扇風機でみっつ。

掃除機をかけ終えて、シャッターを両手で押しあげるとき、あとどのくらいこれができるかしらと考える。その答えを出さないまま、配達された朝刊とおしぼりの袋を抱える。シャッターの音をきいて、となりのあかつきベーカリーからだんなさんが出てきた。

……おはようさんです。きょうはまた、暑くなりそうだなあ。

……いきなり蟬しぐれですものねえ、もう汗だくよ。

モーニングの厚切りが一斤、サンドイッチの薄切りが三斤。牛乳と生クリーム各一本。日曜日いがいは、毎日買っているもの。バターは、週に二本出るか、出ないかというところ。

テーブルとカウンターを拭いて、ＣＤをかけると七時半。鳩が、みじかくポポーと鳴く。その声と同時に、おはようさん。渋谷さんと、笹本さんが入ってくる。役場の同期だったふたりは、定年して五年はすぎている。いまだに仲がよくて、毎朝誘いあって川原をウォーキングして、モーニングを食べにきてくれる。厚切りのトースト、ゆで卵か目玉焼き。ひとくち、フルーツをつける。コーヒーか紅茶で、四五〇円。

……ママ、きのうの火事、けっこう近かったんじゃない。

朝一番の地方紙を開いて、笹本さんはアイスミルクティーをちゅうと吸う。

そうなの。帰るときはもう消えてたけど。駐車場のあたりは、けさも煙の匂いがしてたわねえ。

……全焼は気の毒だけど、けが人が出なくてよかったなあ。でも、火つけたんだろ。嫁さん浮気して、その相手がつけたって。

うわさ好きの渋谷さんが、大きな目玉をますます開く。

こわいわよねえ。うなずきつつ、話しこむふたりから、あとずさる。やっぱりきょうは、この話からはじまった。

さびれた城下町は、冠婚葬祭みなつつぬけ。きのうの火事だって、あとひと月は、もぐもぐと話題にされる。若いころはいやでいやでしかたなかったけど、いまはあらがう元気もない。朝から晩までここで働いていられれば、それがなによりありがたいこと。長い常連さんたちは、午前中に集中している。病院や役場、道の駅に来たついでと、顔を出してくれる。毎日、きょう一日のことだけ考えていたから、ここまで続いた。つくづく思う。

文化センターのむかいに店を出したいといったら、あんな駅からはなれたところで、喫茶店なんて、なりたつもんですか。商工会のお偉いさんに笑われたものだった。ところが、ことしで三十一年、どうにかこうにか、つづいている。いまは、日に五本、特急が来るだけの駅前のほうが、すっかりさびれて、シャッター商店街がつづいている。はんたいに、このあたりには、文化センターのうしろに観光物産館ができたり、総合病院ができて、町でいちばんひとを見かける地域になった。

喫茶りんどう。店の名まえは、地味だけど、やさしくて品がいいわよと、母がつけてくれた。ホールで催しがあるときは十時まで開けて、ふだんは七時まで。

休憩時間の女優さんや噺家さんが、ふらりと入ってくることもある。素顔をそっと知ることができるのは、役得。とはいえ、そんなことは月にいちどあるかないかで、ふだんは、常連さんの血圧や、お墓や、お嫁さんの悪口や、ゴルフのスコアの一喜一憂にうなずいている。おさけを出さないことと、クラシックをかけていることで、大声を出すひとがいないのは、ありがたい。

からんころん、扉のカウベルが鳴る。

……おはようさん、暑いねえ。これ、店で食べてちょうだいよ。

米川さんは、おおきなすいかを両手にさげていた。

まあ、すごい。こんなりっぱなの、いただいちゃっていいの。

いいの、いいの。畑でごろんごろんしてて、食べきれなくて割れたら、カラスのえさになっちゃうんだから、食べて。

……だっておたくは、お孫さんたちがそろそろ来るでしょうに。

……それが、ほら、ことしは下の子がお受験だって、塾に通わせるんだっていって、来ないの。あーんなちいさいときから、かわいそうだって思ってるんだけどねえ。まあ、いわないけどね。

だけども、いまがんばれば、あとがらくなんでしょう。そうなんだってなあ。

じゃあ、まず。まだまわるとこあるから、また来るよ。米川さんはコーヒーも飲まないまま、軽トラックにもどっていった。ふりむくと、カウンターのすいかは、あっちこっちをむいて、えらそうな地球のようにころがっている。

ひとつまるまんまは、入らないわね。

刃をあてたとたん、めりめりとひとりでに割れた。

ひとくち、うすく切って、くちにいれる。さっきまで畑のひなたにあった。みずみずしく、なまあたたかい。

……なつかしい、ぬるくて。

ひとりごとに気がついて、そそくさ田園をかけた。


昼休みから三時までは、近くに勤めるひとたちが、ひとりすわればひとり腰をあげるので、落ちつかない。毎日来てくれる裏手の獣医さんは、犬の糖尿病を叱りながら、当のご本人はガムシロップをたっぷり使って、はらはらしたり。

二時になって、窓際の席に、予約の札を置いた。第三水曜日の三時からは、ピンクッションの会が使うことになっている。娘の幼稚園時代のお母さんたちの集まりなので、開店いらいというより、この町にもどってきた年からの、長いおつきあいになる。

教会の附属の幼稚園は、毎年秋にバザーを開いている。教会の信者でもある彼女たちは、いまもボランティアをつづけていて、子どもの衣類や手芸品を作って提供している。うちは、たまたまあそこしかあきがなくて入れた。仏教だし、卒園後のおつきあいはないし、不器用だし、店があるからお手伝いもできない。でも、お茶くらいは出せるので、使ってもらうようになった。

集まりは、子育てが忙しいころは、二か月にいちどがやっとだった。それが、子どもたちが学校にあがって、ひと月にいちどになり、いまは子育てを終え、隔週に。お孫さんがいるひと、ふたり。だんなさんが、天に帰られたひとも、ひとり。きょうも、全員出席。

ねこ背と白髪が、隠せなくなったわ。ひとりがいう。わたしはそれに、ぜい肉をしょってるわ。そのひとことで、くすくす笑っている。同居する息子夫婦とのいさかいや、娘さんの離婚で悩むひともいる。

……夜にね、お祈りをしても、眠れないのよ。

さっきも、ひとりがちいさなため息をついた。

つらいわね。無理をしないでね。

あとは、だれもなにもいわず、手を動かしながらきいている。この会が長くつづいているのは、親しき仲の、ただしい距離があるからと思う。

やわらかく黙って、会のまとめ役の牧原さんが、ふと頭をあげ、こちらを見た。

……育ちゃんは、かわらずがんばっているの。

……どうなのかしらね。お盆だっていうのに、なんともいってこないわよ。

でも偉いわ、出世よねえ。やっぱり手に職って、すごいことよね。みなさん、くちぐちにほめてくれたけれど、さっきまで孫が遊びにきたとはなしをしていたひとの目には、うっすら同情が浮かんだ気がした。こういうひがみ目を治せないのは、やっぱり信仰心がないからだと思う。

ひとり娘の育は、東京のまんなかで美容師をしている。カリスマ美容師のいる美容院に見習いで入り、先生が鍛えつつ、かわいがってくださった。おととしからは、浦和の支店を任されている。店をやりながら、先生の助手として芸能人のコンサートのヘアメイク助手もしているらしく、まったく休みがとれなくなっている。

夫と別れて地元にもどり、ここに店を出し、母が亡くなってからは、あの子は名まえそのまんま、自力で育ち、生きてきた。母と子の会話といえば、店でトーストをかじるときと、高校のころ手伝いにきていたときくらいだった。なんというか、たんたんと業務連絡のような関係でいる。

年にいちど、浦和のホテルを予約して、様子を見にいくけれど、美容院は外から見るだけにしている。十時すぎに疲れた顔であらわれ、近くのお寿司やさんにいく。毎日外食らしく、このあいだは肌が荒れていたのが気になったけど、口にしたら百倍反論されるから黙っていた。あの子は戌年だから、九月で三十四になるんだわ。母に、あんたたちは猿犬の親子だわね、干支はあたるねと笑われたけれど、だんだんほんとうに、そうなっていく気がする。

……人生に、無駄な時間を使いたくないの。一生をひとりじめ、結婚なんて、ぜったいしない。

酔うと、かならずそういう。母親の人生なんて、無駄のつめあわせだと思っている。ぎゅっと鼻にしわをよせるところだけ子どものころのまま、あとは、髪も目の色も爪も、会うたびにかわってしまう。

……ママはあたしだけのママなので、おじさんたちは、うちのママをママって呼ばないでください。

泣きべそかきながら、抗議してたのにねえ。ひとりでおとなになったみたいに、思ってるんだろうねえ。

つい、ため息をつく。

……便りがないのは、元気な知らせ。甘えてますよという知らせなのよ。

牧原さんが、うなずいてくれた。レスピーギ、シチリアーナをかけてほしいわ。

ひとりがいう。

真夏といっても、暮れるのは早くなったわね。

携帯電話が鳴って、おもてに出ていたひとが、もどってきた。風鈴、チリンチリンって、かわいいわね。

お客さまが、東京のおみやげってくださったの。車の音に負けて、あんまり聞こえないんだけど。

夏のすぎるのもはやいけど、ここは秋だって、あっというまよ。

もうひとりは、完成したうさぎのぬいぐるみの背のまるみを、やさしくなでている。


土曜日は、一時間早くあける。

文化センターの駐車場に、ちいさな朝市がたつ。地元の農家が朝採り野菜を出したり、近くのお店でも、お菓子や小物を、すこし安くならべている。うちは人手がないからできないけど、そのぶん早く開けて、朝市限定のおひさまクッキーを添えている。きょうは、あいにくの雨になってしまった。

通りのむこうを見ると、お客さんはまばら、屋根のあるところに花売りさんや、乾物やさん、いつものおばさんたちの姿があった。

この雨なら、渋谷さんたち、ウォーキングお休みね。ぼんやりバロックをきくあいだに、クッキーが焼けた。オーブンから出して冷ましているところに、きょうはじめてのお客さまがいらした。

はじめての三人、旅行者のようだった。

まあ、ずいぶん濡れてしまって。女の子にタオルを渡すと、ありがとうございます。

ふたりの男性は、おじいさんと父親ね。三人の太い眉が、そっくりだった。

ご注文は、どうしましょう。モーニングでよろしいですか。

そうですね。いえ、あの、ほかのものもお願いできますか。

ええ、サンドイッチなら。

メニューを見せると、三人ともミックスサンドという。

……ミックスなら、たぶん、ふたつでじゅうぶんと思います。そうね、お嬢さんがお好きなら、ホットケーキ焼きましょうか。うちの、おいしいのよ。

女の子が、くりっとふたりを見た。

コーヒーは熱めに、紅茶は、ばらのカップにした。ホットケーキの種をさぼらずに作っておいてよかった。フライパンにまるくたらし、火を弱め、タイマーをかける。いい匂いがするね。窓ぎわから、ちいさなかわいい声がきこえる。

もうひとつのフライパンで、うす味のだし巻き玉子を作る。パンにバターとマスタード。それからハムときゅうり、レタスとトマト、焼きたての玉子焼をはさんで、三種類のサンドイッチをさきに出した。

ご旅行ですか。

ええまあ、そうですね。こちらは思ったより涼しくて。丸眼鏡のおじいさんが、コーヒーのおかわりお願いしますという。おじいさんといっても、たいして年はかわらない感じだった。

……あいにくの雨ですが、明日はいいお天気になるみたいですし、きょうは美術館に行かれたらいいですよ。あそこのお庭は、雨の日もすばらしいんです。

玉子サンドを両手でもってかじっていた女の子が、父親になにか耳うちした。

仲がいいのね。そして、育は、こういう思い出がないまま、おとなになったと思い、息がにがくなる。タイマーに呼ばれ、あわててフライパンにもどり、深呼吸をする。ひっくりかえす手もとに集中する。

ホットケーキにバターをのせて、お待たせしました。

女の子は、ちいさいのにナイフとフォークを上手に使った。

店に置いてある観光パンフレットを渡し、旬の食べものやおすすめのレストランを教えた。せっかく来てくださったのだから、せめてものおもてなしと、地図をひろげてしるしをつけていると、扉がからんとあいた。

……どうしたの、きゅうに。

仏頂面の、育だった。

育は答えずに、愛子ちゃん、お待たせしちゃってごめんね。二オクターブは高い声で、はじめて見るようなおおきな笑顔で、身をかがめた。

……こちら、うちの母です。お母さん、こちらは秋山修司さんと、聡司さん。おふたりは、浦和で喫茶店をされているの。そして、愛子ちゃんは、小学校三年生。ね。

女の子は、ぺこりと頭をさげる。

……まあまあ、そんな。プロの方とは知らずに、いいかげんなコーヒーお出ししちゃって。なによあなた、お連れするなら、まえもって連絡してくれたらよかったのに。

顔から火を出して文句をいうと、いえいえ、とんでもない。とてもおいしくて、勉強になりました。身のおき場もないことをいわれてしまった。

じゃあ、いきましょうか。

育は、つっ立ったまま三人にいい、出がけにふりむいた。

……あのね、来月入籍することにしたの。式は挙げないけど、写真撮影と食事会はしたほうがいいって、社長にもいわれちゃって。今夜、その打ちあわせするから。どこかお店予約して、あとでメールしておくから。ここ閉めたら、寄って。

そんな、突然そんなこといわれたって、あなた。

……なにいってんのよ。お母さんだって、突然だけどっていって、離婚したじゃない。

あれよりは、ずっとおめでたいことなんだから、ぜんぜんありでしょう。

そんな、こんなときに、むかしのこと持ちださないでよ。

とにかく、いま着いたばっかりだから、くわしいことは夜にしてよ。いま車、持ってくるわね。

育は、おじいさんの肩にふと手を置き、傘もささず、駆けていった。

……ほんとうに、ぶしつけに押しかけまして、申し訳ありません。

……きょうは、駅前のホテルに泊まりますので、夜、お店が終わられたあとに、あらためてお時間いただけますでしょうか。

おじいさんとその息子さんが、たっぷり八の字眉でいう。大人三人は、ただただ頭をさげあうばかりだった。

気まずく扉をあけると、風鈴が割れそうなくらいに揺れている。

……あの、ホットケーキ、とってもおいしかったです。

愛子ちゃんが、頭をさげた。あと、サンドイッチ。育ちゃんがいつも作ってくれるのと、ほぼほぼおんなじだったけど、やっぱりきょうのほうがおいしかったです。

ね。お父さんを見あげた。

車を見おくり、店に入り、くしゃみ二連発、さらにもう二発。

なんなのかしら、きゅうにこんなことって。

お父さんとおじいさんと女の子、そういうおうちに、育が入るってことなのは、わかった。でも、結婚するって、どっちのひとと。面とむかってそんなこと、まさか聞けないじゃない。

あんなに喫茶店がいやだって、結婚なんて、もっといやがってたくせに。それに、仕事はどうするつもりなのかしら。先生には、もう話してあるみたいだったけど。

あんなに頭がまっしろになったのは、夫に別れたいといわれたあの日いらいのことだった。

きょうの風鈴は、ご近所迷惑になる。

また扉をあけ、椅子に乗って、はずした。

……まったく。きつい娘だこと。

かつて母に、おなじことをいわれたけれど。

素麵

昼のニュースが終わる。

……いいわねー、ゆでるわよー。

真砂江の声と、はじまり鐘の音と、ほぼ同時だった。

先週一回、旅行で見のがしただけなのに、ずいぶん、ひさしぶりの気がするなあ。八月になって、夏空へと大きく動いたからだろうか。

食卓にいくと、夏の味覚ぞろいだった。みょうが、しそ、おろし生姜に、きりごま。たたいた梅干や錦糸玉子もちゃんとそろえているので、本日の妻のきげんはよろしい。

流しからは、カラカラザーザーと、涼しい水音がきこえる。

……はーい、できた。運ぶの、てつだってよー。

呼ばれていくと、お盆を持たされる。冷奴と漬けもの。もう一往復よ。のっけられる。二往復めは、冷えた枝豆と、トマトの鉢と、小皿に箸に箸置きに、そばちょこ。醬油さし。めんつゆ。もう一往復ね。三往復めは、ゆでたてのアスパラガスと、グラスとノンアルコールビールの小瓶。これでおしまい。

そうして妻は、さいごに氷水でしめた素麵をざるにのせていく。ひとすくいずつ、くるっとまるくならべていく手つきが、死んだ母親とそっくりで、おどろく。小学生の夏休みにも、こんなふうにぼんやり素麵をながめていた日があった。

皿小鉢がならんだテーブルを見まわし、いただきます。声をそろえて、手をあわせる。

熱いものはあついうち。つめたいのは、あと。

最初はアスパラ、あなたは、穂さきのほうぜんぶ食べるのよ。アスパラは先っちょに栄養があるんですって。

妻はテレビのききかじりを説きつつ、小瓶の栓をぽんとあけ、リモコンに手をのばし、きょうはどこかしら。テレビの音量をあげた。

宮崎の、高千穂っていってたぞ。コップにつぎ、ご苦労さんとねぎらう。

……あら、いいわね。いってみたいと思ってるのよね。せっかくなら、九州周遊とかじゃなくて、高千穂だけ、ゆっくりいってみたいわ。天孫降臨の地ですもの。駆け足じゃあ、申し訳ないわ。あ、このひと合格する。

箸でアスパラの根もとのほうを釣りあげながら、いう。そのとたん、キンコンカンコンキンコンカンコン、カンキンコーン。

景気よく鐘が鳴った。

ね、言ったとおりでしょう。

妻は、満足そうにノンアルコールビールをすする。やっぱり、缶より瓶のほうが、ぜったいおいしいわよ。ほんものっぽいわよといった。

結婚三十五年、我が家の日曜の昼めしは、いつものど自慢とともにあった。結婚当時は、社宅の四畳半で、ちいさな白黒テレビで見ていた。金のない当時、これを見てると旅行しているみたいだからいいと真砂江が見たがって、それが毎週の習慣になった。

その新妻も、いまではすっかりお茶の間ベテラン審査員になって、これは合格するよ、おしいけど鐘ふたつといいあてている。それが三十五年も飽きずにいるのだから、すごい番組だ。

いまのうちのテレビは、額縁みたいにうすっぺらで、画面はあのころの二、三十倍もある。せまいながらも、自分たちの家を持ち、二十年。庭の桂の木も、おおきな木陰を作っている。

……あら、ひさしぶり。ねえ見て、うしろに尺八のひとがいる。民謡を歌うひとがいるんだわ。

真砂江が乗りだして、目をほそめる。バックバンドの編成で、出場者もわかっている。出場者の傾向も、いろいろとある。元気なご老人は、ほぼ毎週登場する。それから、地元の名産品や、農林水産業に関わっているひと、学校の先生、最近は介護師さんと外国のひとも多いか。女子高生や、職場の仲間は団体出場が多い。つめ襟すがたの少年たちは、歌って踊って、音程はずれて。会場が笑ってわいたあとに、実力者が出てきて鐘が鳴るという流れも多い。

こんな序盤で合格が出るのは、やはり九州だからよ。探偵のような口調でいう。たしかに全国まわると、唄どころというべきところがある。九州と北海道は、土地がひろいからいい声になるのか、合格の鐘がつぎつぎ鳴って盛りあがる。真砂江の実家の群馬と、うちのルーツの山梨は、まあまあというところとなっている。

……ほら、桂二郎さん。また素麵先行になってるよ。そんなにあわてて食べなくても、とったりしないんだから。ゆっくり食べないと内臓に負担がかかるんだから、気をつけてくださいっていってるでしょう。

小言をきいて、のど自慢見て。やっぱり、日曜はうちがいいもんだ。司会の小田島萬アナウンサーなんて、毎週旅だもんなあ、たいへんだよなあ。アスパラの穂さきにマヨネーズをつけると、真砂江がじっと見ている。

なに。

うん。それさ、どう。

どうって、なに。

味。いままでと変わらないとおもう。

そうだなあ、わかんないねえ。

あ、そう。じゃあ、いいわ。

変えたの。

そう、コレステロール90％カット、塩分70％オフなの。

すごいね、そんなに。なんか、わかんないけど。

で、しょう。まるで自分がつくったみたいに自慢した。

がんばれよー。会場に、おおきな声援が起こって、テレビを見る。

……三代つづく理容師さんです。入院中のおじいさんに喜んでもらいたいと、出場を決意しました。さあ、おじいさんに元気を届けてくださいね。どうぞー。

白衣の青年が、小走りにあらわれ、マイクをつかむ。あら、あなたの十八番じゃないの。前奏でわかる。

……七番、佐藤文彦、憧れのハワイ航路。

理容師らしく、櫛目のとおったさわやかな青年で、なかなかうまい。高音になっても、ふらつかない。

これは、いけるわよ。そのまま、そのまま、よし。箸をとめ、息もとめ、見守る。

一番を歌いきると同時に、キンコンカンコンキンコンカンコン、カンキンコーン。

やっぱりねえ。お茶の間審査員は声をそろえて、ほっと息をつく。

合格でーす、小田島アナが駆けよる。青年は顔をくしゃくしゃにして、ガッツポーズをくりかえしている。ゲストの細山たけしと坂上夏実も、盛大な拍手をしている。コメントをきかれた細山が、いそいそ中央に出ていく。

……いやあ、いい声だねえ。それに、いい男だし。わたしも声が高いほうですが、君もすばらしいねえ。おめでとう、よかったね。

かたい握手で祝うと、場内の拍手も、またもりあがる。

おじいさん、入院されているんですね。

はい、バイクでころんで、脚折ってしまって。

そうですか、早く元気に歩けるように、ひとことおじいさんに、いいましょうか。マイクがむけられ、画面がアップになる。

……じいちゃん、やったよ、合格ばい。早くよくなって、たのむよ。常連さん、みんな待ってるよー。

会場も舞台も拍手につつまれ、つぎの出場者へとマイクがうつる。

……よかったわねえ。おじいちゃん、うれしいわねえ。

真砂江が、ほっとした声でいう。

そうだろうねえ。錦糸玉子をつゆにつけ、素麺をからめてすする。甘くてきいろい錦糸玉子は子どものころから、好物だった。結婚したら、そんなの作ったことがない、面倒ねえといやがられたものだった。このごろは、だいたい作ってくれる。

あのとき、やりそこなったかしらね。

真砂江は、画面を見たまま、つぶやく。

なにを。

……あのとき、あなたが胆石で入院したとき。ちゃんと、のど自慢に出とけばよかったかしらって。

なにいってんだよ、はずかしい。そんなことないわよ、世のなかのひとは、ほら見てごらんなさいよ。あんなふうに、堂々とデュエットしてるじゃない。たしかに画面では、夫婦が揃いの服を着て、よりそって歌っている。とてもじゃないが、真似できない光景だった。

むっつり、素麵をたぐると、むかしっからそうなのよ、あなたって。おきまりの文句が出た。あなたはむかしっから、デートのときも、あたりにだれもいなくって、まっくらにならないと、手もつないでくれなかった。やさしいし、まじめだけど、度胸ってものがたりないわ。いいじゃない、素敵じゃないの、おとなのカップルって。

なんでのど自慢見て、叱られないといけないんだ。しかし、ここでおなじ土俵にのってはいけない。

……たのむよ、むかしの話で、怒るなよ。

カン、コーン。仲よし夫婦は、鐘ふたつ。

最近、鐘ひとつってすくないわね。すこし間をおいて、ごめんなさい。真砂江は首をすくめた。こういう素振りは、学生時代とかわらない。

もう一組は、じいさんと孫で、腕を組んで銀座の恋の物語を歌った。鐘は、ふたつ。じいさんは、嬉しくて笑い泣きしている。

うちは子どもいないし、ああいう気もちは、わからないままよねえ。

まあ、かわいいだけじゃないだろうけどな。

そうよ、大変なことが多いからこそ、こういうときがうれしいのよ。きょうの錦糸玉子、甘くておいしいわね。

真砂江もいつのまにか、錦糸玉子派になった。素麺ひとつとっても、よそはよそ、うちはうち。

……ねえ、のど自慢って、このへんでやらないわねえ。

ノンアルビールをのみほす。もう一本のむか、もういいわ。たしかに、小田島アナは、毎週あちこち遠方に出かけてばかりいる。

……ほら、年にいちど、チャンピオン大会やるだろ、あれがＮＨＫホールだから、都心は遠慮してるんじゃないか。

なるほどー。真砂江は、立ちあがり、麦茶を出してくる。あんまり納得してない声だ。

……じゃあさ、東京は、近所づきあいが希薄だから。たとえば、さっきの男の子が合格しただろ。高千穂ならその話で、あそこのお孫さんはって、半年はもつだろうけどさ、東京はむずかしいだろ。

そうねえ。さっきよりは、いいみたいだ。

……でもうちの近所でやってくれたら、そんなの、だいじょうぶじゃない。会場だって、国技館あるし。おすもうさんとか、お煎餅やさんとか、ちゃんこやさんも、江戸硝子もあるし、回向院も由緒あって下町らしくて、日本じゅうに喜ばれるわよ。

ねえ、あなたもし出るなら、なに歌う。あかい塗箸を、マイクのように持ってきく。

出ないよ。もしもの話よ、どうする、やっぱりハワイ航路でいく。そうだなあ、ありゃあ古いなあ。でも、ディランはやめたほうがいいわよ、洋楽は予選通りにくいから。真砂江は、まじめに悩んだ。なんにしようかなあ、おとなのおんなって感じのがいいわ。越路吹雪か、でも聖子ちゃんもいいかしらね、あんがい。

……ま、君は予選通過するかもね。なんたって、もって生まれた声がいい。ぜひ存分に鐘を鳴らしてくれたまえ。それで、会場のだんなさんに、合格したよーって手を振ってくれよ。

ええー、そうかなあ、えへへ。

真砂江は、小中高大学と合唱部にいた。こんなふうに、くしゃっと笑う一瞬、おかっぱのころからロングドレスまで、いままで歌った本番の顔が、ぜんぶ見える気がする。

とうふを食えば、イソフラボン。野菜をつまめば、ビタミンAやらCやら。最近は、ストレスにいいとか、腸内環境がよくなるとか、覚えきれないほどになった。

おととし、胆石で入院してからは、週に三日は休肝日にされた。ノンアルコールビールもいろいろ出ていて、なきゃないなりに、なんとかなっている。

順調にすすんでいるものの、きょうは思ったより合格がすくないか。そう思っていると、最後のひとが、お待ちかねの民謡だった。

……二十番、高山一郎、刈干切唄。

満場の拍手がわく。尺八がうなる。これはもう合格だわ。真砂江は、歌うまえからそういって、ゆったりかまえている。

ここの山の　刈干ゃすんだヨー
明日は田圃でエー　稲刈ろかヨー

もはや日暮れじゃ　迫迫《さこざこ》かげるヨー
駒よいぬるぞエー　馬草負えヨー

場内がしーんとなる。その余韻に一拍おいて、合格の鐘が鳴り響いた。

鳥肌がたつ。草のにおいそのままに、野の声だった。

七十五歳、日焼した男性は、牛を育てているという。いやあ、すばらしい。おもわず拍手をした。となりの審査員も、しきりに手を叩き、鼻をかんだ。見れば涙ぐんでいる。

……決めた。秋の旅行は、高千穂にしましょう。さっそく明日、申し込むわ。十月の連休、あとでカレンダーに書いといてね。

全員が歌い終え、ゲストが歌う。細山たけし、坂上夏実とも、さすがの声量だった。だけどうますぎて、さっきまでの感動がすっとさめて、ちょっとずつ残ったおかずを、てわけして食べてしまう。

ざるにひょろひょろ残った素麺も、つまんでいる。素麺って、もうちょっと食べたいなっていうときで、やめとくのがいいのよね。

それから妻は、まじめな顔で、テーブルの野菜を数えはじめる。アスパラ、ねぎ、みょうが、しそ、しょうが、トマト、枝豆。よし、朝のサラダとあわせたら、あと二種類で二十種類。きょうの目標達成よ。

舞台上には、きょうの出場者がならんだ。さて、どうなるか。

あのお孫さんだと思うわ。民謡じゃないのか。全国大会狙うなら、若い子がいいのよ。

皿小鉢をかさねつつ、結果発表を見守る。まず、審査員特別賞。太鼓がドロドロドロドロと鳴る。

……二十番、刈干切唄をうたわれた高山一郎さんです。

やりましたねえ、おめでとう。すばらしかった。金ぴか着流しの細山たけしが、記念の盾を手渡す。

そして、今週のチャンピオンは。小田島アナが、きょう一番の声を張った。

……七番、憧れのハワイ航路を唄われた、佐藤文彦さんです。

おめでとう、さあこちらにどうぞ。小田島アナが、青年を中央に招く。頭をソフトクリームみたいに結いあげている坂上夏実が、すばらしいお声でしたねえ。でっかいトロフィーを渡す。

……おめでとう。さあ、おじいさんに、ひとこと。

……じいちゃん、やったよ。明日もちゃんと、店やるからなあ。

アコーディオンの音色とともに、出場者、客席が手拍子をはじめる。

……きょうののど自慢は、宮崎県高千穂市からお届けしました。また来週、お目にかかりましょう。ごきげんよう、さようならー。

手を振る画面は、すぱっと一時のニュースになる。

真砂江は、この瞬間が大好きで、欠かさずに待つ。暮れにも、紅白歌合戦そのものより、終わったあとに中継の除夜の鐘がゴーンと鳴るのがいいという。こういう変なところが、三十五年続いている秘訣と思う。じぶんじゃ、おとなおとなというけど、精神年齢は中学生とかわらない。

午後は、なにするの。自称おとなの女がきく。

競馬中継みて、散髪だな。

じゃあ、おふとんとりこんだら、散歩にいこうかな。ねえ、来週だとこんじゃうから、今晩うなぎ食べにいかない。

いいけど、うなぎなら、飲んじゃうなあ。

いいわよ、たまには。明日のまなきゃいいわよ。きょうは野菜もたりてるし。明日は、明日の鐘が、ちゃんと鳴ってくれるわよ。

……ドシラソドシラソ、ド、ミ、レー。

絶対音感のある妻は、小鳥のようにあかるく歌う。

球根

呼び鈴は、約束より五分はやい。

じゃあね、気をつけてよ。寒いから、出なくていいから。コートをはおり、靴ひもを結ぶうち、いうことをきかず、むっつりスーツケースを持ち、先に玄関を出てしまった。

ほんとうに、気が強いんだから。

……おはようございます、よろしくお願いします。

よそいきの声は、幼稚園のバスに乗るときと変わらない。

朝のおむかえが、ありありと浮かぶ。毎朝バスに乗りたくなくて、母の足にしがみついて泣いた。もう三十五年も、たつなんて。

ドアをあけると、金木犀の香りが降っている。玄関わきにある木は、ずいぶん太く、たくましくなっっている。

おはようございます。

運転手さんは、降りて待っていてくださった。荷物、積んでもらったよ。サンダル履きの母がいう。寒いから、ほんとにもう入っていいから。先客の女性がひとり乗っているのが見えて、いそいで乗る。ドアがしまり、窓をあける。

じゃあね、ころばないで、ほんとに気をつけて。

いろいろ、ありがとう。

このごろ、帰りがけに、かならずそういう。ちいさく手を振りあった。

……きょうのご予約は、おふたりなので、このまま空港にまいります。運転手はサトウです。本日は、ありがとうございます。よろしくお願い申し上げます。

佐藤義夫さん。助手席まえの、ずいぶん若いころの写真と名札を見る。

よろしくお願いします。いいつつ、バッグのなかの携帯電話をさぐる。これから空港です。お昼すぎには帰っています。夫と圭太は、大分の義母のところにいっている。それぞれの実家に同時にいくのは、はじめてのことだった。メールを送り、静かな車内で、深い息をついてしまう。

……おかあさん、お元気そうでよろしいわね。

化粧気がないのは、おたがいさま。ずいぶん笑顔に、嘘のないひとだこと。

……ええ、まあ。元気なのは、ありがたいんですけど。年々がんこになるみたいで。

父が亡くなり、昨年七回忌がすみ、母も七十をすぎた。ひとり暮らしに、気にかかることが増えた。風邪をひくことが多くなった。ひとりになって、食生活がいいかげんになっているのかもしれない。そそっかしくて、せっかちで、おせっかい。そのうえ、こうと決めたらぜったいまげない。そういうと、それそのまんま君だよね。夫は笑う。

今回も、自転車で揺らいで、足をついて捻挫した。さいわい、折れてはいなかった。それでもいろいろ不便もあるだろうからと、大分行きを変更して、ひとりで帰ることにしたのだった。

……わたしもね、母に会ってきたんです。九十六で、元気なんですよ。もう、すっかりぼけちゃって、施設のお世話になっているんですけどね。にこにこして、よく食べて。三日いるとね、初日は、ぜんぜんだれかわかってくれないの。でも、つぎの日のお昼を食べたくらいだったかしら、あ、ノリコが来たーって。うれしそうにしてくれました。夕方になると、またね、どちらさまっていわれたりする。だから毎月来て、忘れないでねっていうんです。

でも、顔を見られると、うれしくてね。もうすこし、もうすこし生きていてねって、声かけてきました。眼鏡のおくの瞳が、すこしうるんでいる。毎月帰られるのは、たいへんですねえ。まえの席から、佐藤さんが感心した声でまざる。

うちも、たいへんです。胸うちで、つぶやく。どちらの親も、いつしか東京に遊びにくるのを億劫がるようになって、お盆とお正月、春と秋の連休は大分と富山どちらかに帰る。子づれの帰省は、親孝行ではあるけれど、三人ぶんの飛行機代は、家計簿を苦しめる。来年は、圭太も塾に通うことになるし。

そういうと、永遠に続くわけじゃないからなあ。父親をはやく亡くしている夫は、かならずいう。そのことばをきくたび、つめたい娘と自覚する。

お天気よくて、ほら山がきれいですよ。

佐藤さんがいい、ノリコさんは、ことしの新米はどうですかとたずねた。ことしも、特A評価だそうですよ。佐藤さんが、誇らしそうにいう。あきれるほど話ずきどうしのおしゃべりを聞きながら、山と田んぼがつづく窓をながめる。

うちから空港までは、車で四十分。夫がいないので、はじめて相乗りタクシー空港便というのを利用した。来るときは、空港から出張のサラリーマンとの相乗りで、車内は無言のままだった。前日に予約をすると、帰りも市内の場所にむかえに来て、空港までいってくれる。片道一五四〇円。自宅までの送り迎えなら、ずいぶんとお得だった。

……実家には、父も兄も亡くなって、いまは兄嫁と甥の家族がいるんです。朝早くから、騒がせちゃいけないから、いつも施設のまえのホテルに泊まるの。このタクシーはちゃんと迎えにきてくれるから、ほんとうにありがたいんです。今回はね、行きは出張の男のひとたちがご一緒でした。風力発電のお仕事ですって。それにしても、地元のお米が特Aなんて、すばらしいことよね。

ノリコさんも、むこうの窓をのぞきこんでいる。無造作にたばねた白髪。刈入れのすんだ田んぼ、あぜ道をすすきがふちどり、揺れている。このさき、あと十年もすれば、このひとみたいな気もちで、母に接するようになれるのかしら。

ゆっくり、つもる話をしてきなよ。夫にいわれたのに、今回もおだやかに話せたのは、初日だけだった。

庭の花の植えかえ、洗剤やお米、油、砂糖、塩、醤油、重たいものの買い出し、食事のしたく、台所、浴室、洗面所の換気扇とエアコンのフィルターの掃除。蛍光灯のとりかえ、納戸と車庫の整理。使わなくなった食器と、父の本の処分は、三日ではとてもたりなかった。

なにをやっても、ちょっとちがうけど、まあいいわ。ぴりっと不満がまざっていた。なにがたりないの、ちゃんといってくれれば、やるのに。こちらも黙り、さらにいわれた。

……まだじぶんでできるんだから、やらなくてもいいのに、がんばるんだもの。勝手に来て、勝手に疲れて腹をたててるんだもの。わたしは、わたしのペースでゆっくりやるんだから、ほっといてくれればいいのに。

……お母さん。せっかく来たのに、そういういい方は、ないでしょう。

つい、声に出してしまい、二階に逃げこんだ。十八までいた部屋は、ベッドもオーディオも、調律のくるったピアノも、そのままになっている。

お父さんが、いたらなあ。顔をしかめ、手でおおう。

冗談好きでとぼけた性格の父は、六十五で亡くなった。

一生懸命働いて、家も建てて、子どもを大学までやって、お嫁に出して、孫さんの顔見て。人間の仕事を、ぜーんぶでかして亡くなったなあ。同僚だった方が、弔辞でおっしゃってくださった。

夫は、すこし父に似ている。圭太ものんき、顔だちも大分に似た。親子仲よくが、人間のつとめと、よくよくわかってはいる。似ているどうしだから、きつくいいあうのか。母といると、いつもこんなふうに悲しくなる。帰りがけにお礼をいわれても、晴れない。

ノリコさんは、まえは深夜バスで来ていたからたいへんだった。息子と娘が結婚して、やっと飛行機に乗る余裕ができた。そのころにはもう、シルバー割引になっていた。だから、割引を使いまくってるの。あけっぴろげに笑っている。

……わたしたちの世代は、どうしても働きたいんですよねえ、働けるうちはねえ。

……そうですねえ。わたしも介護の資格を取りまして、福祉タクシーのほうもやらせてもらっているんです。こうして運転して、いろんなお話ができるのは、やはり楽しいですからねえ。

そして、またお米談義にもどる。ノリコさんは、まえに勤めていた会社に、パートタイムで通っている。連休にするために、シフトでいろいろ迷惑をかけたから、おみやげに新米を配りたい。ほら、二合入りみたいなの、ちいさい袋入りがあるじゃない。やっぱり、こっちのコシヒカリは、ほんとうに香りがちがうって、よろこばれるのよ。

そうよね、にっこりされる。そうですよねえ。

それに、駆け足でも、こっちの景色を見て、こっちの方たちとお話しすると、やっぱりふるさとはいいなって思うのよね、またにっこり。そうですか。

……あなたは、東京にお住まいなの。

……ええ、大学で東京に出ちゃって、そのままで。なので、正直こっちのよさは、わからないままになっちゃってるんです。十八で出てしまいましたから。もちろん、お米やお水がおいしいとか、鱒ずしもおいしいとかはあるんですけど、寒いし。これからは、雪かきも大変だし、また母にころばれたりしたら、とか。なんかそういう、つまらないほうばっかり、頭がぐるぐるまわるんです。

なんか、つまらないことといって、すみません。

そうよね、若いころは、みんなそうですよ。

若いっていっても、来年は四十なんですよ。だまったまま、反論する。みずしらずのひとにいっても、しかたない。

ふるさとがある。家族がいる。だんだん、あたりまえのことが、あたりまえじゃなくなって、だいじなことだったんだなって、思えてくるんだと思うわ。

それは、わかります。きのうも母とけんかして、父が生きていればなって。そういうことは、わかります。でも。

答えずうなずかず、咳をするふりをして、窓をながめる。

タクタクタクタク、ウィンカーの音がする。佐藤さんが車線を変え、からだがノリコさんのほうに傾く。

けんか、したわねえ。若いころの母はそうとうな頑固もので、ひと月も口をきいてくれなかったわ。

ノリコさんがいう。

わたしなんて、親父ととっくみあいをしたこと、なんべんもありました。

佐藤さんまで、そんなことをいう。

……だいじに思っているから、そうなっちゃう。いまになると、もめたことは、みんなそうだった。もめてもいいから、だれかいてくれたらね。もちろん、子どもや孫や夫はいるんだけど、あのひとたちには甘えられないもの。母がいなくなったら、わたしの人生の、娘時代が終わってしまう。生まれたおうちの時間を知っているひとが、だれもいなくなっちゃう。父と母と兄、甘えたり怒ったり、正直になんでもいえたひとが、この世にひとりもいなくなってしまう。だから、あとすこしって、会うたびお願いしちゃうんですよねえ。

橋をわたる。川原は、すすきの波が光っている。きっと母が亡くなったら、あんなところにぽつんと立っているみたいなんでしょうね。ノリコさんは、くもった窓をこする。

娘の時間。けさの、金木犀の木。

幼稚園のお弁当、食べるのが遅くてしかられた。つぎの日から、お弁当は好きなものばかりいれてくれた。お友だちに、うそをついた。夕暮れ道、ひとりであやまってきなさいと、背なかを押され、玄関から出された。お正月や七五三、盆踊りの浴衣、成人式の振り袖、いとこたちにおさがりになっていった、たくさんの着物たち。ピアノの発表会のワンピース、よそいきの服や中学と高校の制服は、どうしたんだっけ。読書感想文、朝顔の観察日記、家庭科の宿題、みんな母が助けてくれた。

時計のテストで0点をとったら、父は白雪姫の目覚まし時計を買ってきて、教えてくれた。鉄棒のさかあがりと、補助なし自転車の特訓は、ずいぶんかかった。早く帰れる土曜日は、かならずケーキの箱をぶらさげていた。辛すぎるカレー、大量にできた白玉、石のようなクッキー。どんなに失敗しても、うまいうまいとおかわりしてくれた。

東京に出るとき、ふたりそろって賛成してくれた。卒業、就職、結婚。こんなことを思い出したのは、披露宴いらいかもしれない。もっともあのときは、父と夫が号泣して、そっちに目をうばわれて、ちゃんとビデオを見ていなかったけれど。母と義母は、シャンパンを飲んで意気投合していて、なぜかほっとしたんだった。

秋晴れの日曜日、三人で歩いた裏山、おむすびの味。反抗期でも、山道で話せば素直になれた。時間は、するする巻きもどる。

タクシーが走る。

紅葉のはじまった山は、どこまでもついてくる。頂上にかかっていた雲は、ゆっくり抜けていく。空港まで二キロ。標識がみえて、また右折した。

……孫のおみやげを買わなきゃ。ふたりいるんだけど、ぜったいおなじのが、ふたつついるの。下の子がごねるから。あとはお米とおさけと、お菓子もいろいろあってねえ。

みんな送っちゃおう。あなたは、おみやげは買われるの。おすすめって、あるかしら。

……そうですね、いつも買うのは、月世界と鱒ずしと、白えびせんべい。

あ、いいわね。わたしも買おう。空港にあるかしらねえ。

ノリコさんは、忘れないように買いものリストを作っていて、指さし読んでいる。すぐ忘れちゃうのよ。そういうと、わたしもです。佐藤さんもうなずいた。

空港について、一五四〇円ずつ払う。またよろしくお願いします。たがいに頭をさげて、相乗りタクシーは帰っていった。

いっしょに搭乗手続きをすませ、それじゃあ、ありがとうございました。

お元気でね。またいつか、ご一緒になれるといいわね。

ノリコさんが歩きだす。ちょっと、すみません。呼びとめて、いそいでスーツケースをあけて、一番底のビニール袋をひっぱりだした。結びめを、ほどく。

……これ、よかったら、好きなだけどうぞ。実家で植えたんですけど、買いすぎてあまっちゃって。おうちで植えてください。ほんとに、どうぞ。よかったら。

まあそんな、申し訳ないわよ。お金お支払いしなきゃ、でも、たしかに、富山といえばチューリップねえ。ほんとに。それじゃあ。わあ、いろいろねえ。春になったら、おかあさん、うれしいわねえ。じゃあ、おことばにあまえて、ひとつだけ。え、もっといいの。それじゃあ、もう遠慮しないで、あと、これとこれ。みっつ、いただきまーす。
……うれしいわあ。やっぱり、チューリップは、あーかーしーろーきーいーろー、ね。
はじめて会って、たぶんもう会わないノリコさんが、歌ってくれた。
それじゃあ、お元気で。ありがとう。さようなら。
それぞれの買いものにいそぐ。

木枯らし一号

アーイ。そろそろ、おりといでよー。

したで、父さんが呼んでる。

ダウンきて、ランドセルひっかける。帽子とマフラーつかんで、ハンカチとマスクはポケット。階段をおりて、スニーカーはく。トースト、いいにおい。このにおいがうれしいうちは、元気。風邪ひいたときは、おえって思うから。だいじょうぶ、学校いける。お店のおおきな鏡に、にっこりする。

修司さんと育ちゃんが結婚して、駅前のマンションに引越して二か月くらいたった。父さんとふたりだと、なんかまだ、へんなかんじがする。

トーストとサラダと、ミルクティー。お店モーニングのAセット、音の消えてるテレビを見て食べる。レジのおつりを数えた父さんは、新聞をならべたり、お店のまえに水をまいたり、ひとりだとちょっと忙しそう。こないだまでは、修司さんがトーストにバターをぬってくれて、学校のはなしとかしてた。つめたいバターは、うまくつけれないから、しかくのかたまりをのっけたまま、かじる。これはこれで、おいしい。

……あのさ、アイ。このごろ、おとなしいな。

カウンターでエプロンを巻きながら、父さんがいった。

……そんなことないよ。修司さん、いないだけでしょ。

そうかなあ、父さんは、ははっと笑った。笑ってるのに、太い眉はこまってる。うちの三人は、みんなおんなじ眉毛。まあ、アイは、じいちゃん子だからな。でも、修司さんも育ちゃんも、どっちも好きだろ。ふたりが幸せなんだし、学校から帰ったらいままでどおり、修司さんいるんだし。朝くらい、ゆっくりさせてやろうよ。新婚さんのこと。

うん。もちろん、それがいいよ。

にっこりトーストをかじる。ごくんとしても、粘土をのんじゃったみたいに、かたまりがつまって、ミルクティーをごくごく飲んだ。

ふたりが幸せで、すごくよかったよ。べつに修司さんがここに住んでなくても、ちっともさびしくないよ。とうさんが四十二才なのに、法律的には三十四才の育ちゃんがおばあちゃんになっちゃうのも、へんだけど反対じゃないし。近所のおばさんたちにいろいろきかれても、知りませんっていえばいいって、父さんも修司さんもいってました。

営業中のふだをかけにいった父さんといっしょに、はんこやさんの織田さんも入ってきた。おお、さむいさむい。木枯らし一号なんだってな。そして、いつものね。

織田さんのいつものは、Aセットのサラダぬき。野菜がきらいだから。五百円が、四百円になる。

……なんだい愛子ちゃん、うすら寒い顔して。宿題、忘れちゃったのか。子どもは風の子だぞ。学校には、はりきっていかなくちゃ。

……えっ、ぜんぜん寒くないです。それに宿題なんて、学校で終わらせてるし。

あれっ、そうなの、えらいんだねえ。織田さんは、スポーツ新聞をひろげた。父さんは、あれって顔して、こっち見た。やっぱり、いっぱい話すとよくない。

歯、みがいてくる。きょうは女子会だから、晩ごはんいらないよ、学校終わったら、ミコちゃんちにまっすぐいくからね。

……あっ、その日か。了解、気をつけていっといで。

はなしを変えたので、父さんは気がつかなかったみたい。ほっとした。立ちあがると、織田さんは、新聞のおっぱいのページのところを、一生けんめい読んでいた。

いってきまーす。

裏口からそとに出て、また、はーっと息をはく。くちのなかに、つめたい冬がすうすう入ってきた。

集合場所のマンションのまえには、六年生も一年生もいた。この班に、おなじ学年の子がいなくて、よかった。ずうっと歩いていたいのに、すぐ学校についちゃって、教室にはいると、ちくっとおなかがいたい。これもよかった。うそつかないで、保健室にいける。ほっとして、ランドセルをおく。となりの机と、ちょっとはなれてる。なおそうとしたら、ばかのサカイがとんできた。

……かってにさわるなよ。ばいきんつくだろ。

くちをとんがらせて、ばかな顔でいった。

……そんなわかりやすいことやってるとさあ、先生があんたがいじめしてるって、わかっちゃうよ。

サカイはばかだから、くちをとんがらせたまんま、机をもどした。

うしろで、だれか、きいてる。

くすくす笑ってるひともいるけど、そっちは見れなかった。でも、みんなの目が、すうっと光ってるのは、わかってる。

オサダ先生は、やさしくて、どんかんな先生です。

一時間めは算数で、テストもあった。テストの紙をくばるとき、まえのゴトーさんが、指でごみをつまむみたいにしてた。うしろのヤナギサワさんにわたすと、やっぱり、ごみをつまむみたいにして、受けとった。そのあと、だれかたちがくすくす笑った。

あーあ。いじめ菌が、教室じゅうにデンセンしちゃったんだ。この菌がインフルエンザなら、学校休みになるのになあ。

テストがおわって、十分休みになったので、先生のところにいった。先生、おなかいたいです。

……あら、秋山さん。ちょっと続いてるわね。だいじょうぶ。

……はい。ちょっとだけ、みたいです。

そう、それなら保健室にいきましょう。だいじょうぶです、ひとりでいけます。先生はいつもどおりのことをいった。そうね、あなたはしっかりしてるから。

二時間めになったろうかは、雨のあとみたいなにおいがする。下駄箱のまえを通る。だれもいない。歩くと、上ばきが、にちっにちって音がした。なみだがぽたぽた出てきて、トイレに走って、顔あらって、トイレットペーパーで鼻かんだ。

保健室の先生は、きのうとおんなじように、熱をはかったあと、手のひらにビオフェルミンをひとつぶくれた。すこし、おなかが疲れてるのかな。そうして、ベッドでやすんでなさいねといった。

二時間めは、国語。いまごろみんな、あたらしい漢字を習ってる。

夏休みに図書館の子ども室で、第二小の子と仲よくなった。その子の国語の宿題のノートを見たら、あたらしい漢字を書くところに、書き順も書いてあった。修司さんが、書き順を正しくしなさいっていつもいうから、まねして書くようにした。

夏休みがおわって、国語のノートを見たオサダ先生が、これはとてもいいわね。これからみんなも、秋山さんのをお手本にしましょうっていった。それから、男子に文句をいわれて、女子もこそこそいうようになった。

いつまで続くのかなあ。

しろいベッドのなかで、しろいおふとんにはいって、しろい天じょうをながめているうちに、チャイムがなっちゃった。休める時間は、すぐ終わる。

なおりました。

保健室の先生は、よかったね。にっこりした。教室にもどるとき、職員室のまえでオサダ先生に会った。オサダ先生も、なおってよかったねって、にっこりした。そして、国語の書きとりの宿題は、黒板に書いてありますから、うつしてねといった。

教室にはいると、男子がぞうきん投げあっていて、うるさい。宿題は、八十ページから八十二ページ。あたらしい漢字を、十回ずつ書いてくる。

……あーあ、だれかさんのせいで、書き順も書かなくっちゃなんないからなあ。

あの声は、オシオだ。

……ほんと、たいへんだよねえ。

この女子は、だれだっけ。ふりむかないで、肩をぎゅっとさせて、国語のノートにページを書いた。目をつぶる。

三時間めは理科、四時間めは図工。給食は、きらいなスパゲティサラダが出た。半分くらいのこした。掃除して、みんなが遊んでるときに、図書室で宿題をちょっとやって、ちいさいときに好きだったロッタちゃんの絵本を読んだ。いいな、ロッタちゃんは。やさしいご近所さんちに引っこしして、おままごとしてればいいんだから。

チャイムがなって、教室にもどるとき。うしろから風が吹いてきた。オキモトさんだった。追いこして、ちょっととまってふりむいて、また走っていっちゃった。あの子、体育のときは足が遅いのになあと思った。

五時間めは音楽。六時間目は社会。そうして、先生、みなさん、なんとかさようなら。きょうも子どもとは、だれともおしゃべりしない。あ、バカのサカイとくちきいたか。そう思ったら、すごくつかれた。

やっと終わった。商店街に走っていって、ちらっと見た。喫茶エバンスはいつもどおり。父さんと修司さんが、カウンターにいる。

ちょっとほっとして、そのままお店のうしろにまわって、いとこのミコちゃんちにいった。

ミコちゃんのおじさんとおばさんは、いまは北海道にいるから、ミコちゃんは毎日うちにごはんを食べにくる。でもきょうは育ちゃんとの女子会だから、じぶんちにいた。

……これ、なーんだ。

ミコちゃんは、紅茶をいれてくれた。

オレンジペコ。

ピンポーン。

ミコちゃんにいろいろ教わったから、紅茶の名まえは、色と香りであてられる。ことしのお正月からは、いつかふたりでスリランカにいこうって、お年玉を貯金している。

それで、どうだったよ、きょうは。

おんなじだったよ。でも、国語のときだけ保健室にいっちゃったけど。

で、どうする、そろそろ聡司さんに話そうか。

だめ。

すぐいった。

ミコちゃんとは、生まれるまえからのつきあいだから、いっこもかくしごとはできない。国語のノートのことも、ミコちゃんにだけ、はなした。ほかのひとには、ぜったいいわないでって、たのんでいる。

……アイは、背が高いじゃん。あと、おとなばっかりのなかで育ってるしね。そういうとこが、しっかりしてるとか、優等生とかって、みられるんだよね。国語のノートも、いいことだけど、先生がほめたから、めだっちゃったんだね。秋山家って、みんなそういう出る杭体質のところがあるんだよねえ。

……ミコちゃんのときも、そうだったの。

ミコちゃんは、中学のとき部活の先輩からいじめられて、ぜんぜん学校にいかなかったみたい。それでも高校にいけて、いまは大学にも入れてる。いかなくても、けっこういけるよって、教えてくれた。

……みんな、まるごと悪い子なわけじゃないんだけどね。

そうなの。だから、こまっちゃうの。

……でも、アイは悪くないよ。

うん。

……でも、ムリしちゃだめだからね、まだ小学三年生なんだから。

うん。

じゃあ、そろそろいこうか。気分転換にちょっと服とかみて、それからごはんね。

紅茶カップを渡す。ねえ、ミコちゃん。

わかってる、育ちゃんにも、話さないよ。

月にいちどの女子会は、育ちゃんが結婚してからも続けようねっていってる。

三十四才と、二十一才と十才でも、とっても楽しい。

もともと、ミコちゃんが育ちゃんに髪を切ってもらってて、七五三のときにつれていってもらった。それからうちも、みんな育ちゃんに切ってもらうようになって、育ちゃんもエバンスにくるようになった。育ちゃんのおかあさんも喫茶店をしてて、夏にみんなで会いにいった。やさしいおばさん、ホットケーキおいしかった。

ミコちゃんは、父さんからお金あずかったからって、ほしかったジーンズとスニーカーを選んでくれた。ミコちゃんは、ポンポンのついてるニットのキャップを買って、そのままここでかぶりますっていった。

　それから、イセタンのうしろのイタリアンで、ピザとサラダと、いつもは飲んじゃいけないコーラものんでたら、育ちゃんがきた。

……ごめんねー。ちょっと店に寄ったら、遅くなっちゃって。

育ちゃんは、このごろ若くなった、みたいだった。お化粧がうすくなったのと、爪がみじかくなったのと、へんないろのネイルをやめたのと。ミコちゃんは、ぜんぶまとめてニイヅマノイロケっていう。

ビールのむと思ったら、ノンアルコールビールだった。

修司さん、まだ働いてるから、悪いかなって。首をすくめた。これが、ノロケてるっていうのなんだと思った。

アイちゃん、どう、学校は。

うん、ふつう。育ちゃんは、あたらしいマンションは、ほぼほぼかたづいたの。

食いしんぼうだから、ミコちゃんは、ピザを食べてるのに、育ちゃんのサンドイッチ食べたーいっていった。

……そうね、今月末には、みんなを呼べると思うよ。でも修司さん、腰がいたいって。段ボール、たくさん持ったからだって。

……しかたないよ。だって、あのひと、この子のおじいちゃんだもん。

たしかにねえ。三人でわらった。ミコちゃんは、ビールでほっぺたがあかい。

育ちゃんにもかくしごとしてるって思ったら、さっきまでおいしかったピザが、また粘土の味になった。育ちゃんと、ぱっちり目があった。

……そのとき、育ちゃんの、お母さんもくるの。

そうねえ、呼ばなきゃなんないわねえ。育ちゃんのまゆ毛は、細い。おばさんも、そうだった。秋山チームとは、ちがう。

……もう、あのひとったらさあ。引越してからずっと、毎日みたいに電話してきて、挨拶にくるくるって。

もう一本たのもうかな。育ちゃんは、ノンアルコールビールをごくってのんだ。なんか、ちょっとやだなって思ったら、もう声になっちゃってた。

……育ちゃん、あんなやさしいお母さんのこと、あのひとなんていっちゃだめだよ。育ちゃんのこと、心配して電話してくれてるんでしょ。お母さんて、とってもやさしいひとなんでしょ。

育ちゃんが、かたまった。

ミコちゃんが、秋山チームなのに細くしてるまゆ毛を、ぎゅってやってる。

こういうの、なんていうんだっけ。アラカセギ、だっけ。

トイレいってくるね。ぼんやり考えながら、立った。

トイレってふしぎだ。したくないのに、はいると、したくなる。

おしっこして、手あらって出ると、ミコちゃんもトイレにいた。

……こら、アイ。なに、やつあたりしてるの。

そうだ、それだった。

ミコちゃんは、こわい顔のまんま、ちいさいころの女の約束、あんたちゃんと覚えてるってきいた。

もちろん、おぼえてるよ。

……秋山みな子と愛子は、ふたりきりのいとこで、親友だから、最強だから、こまったら、たすけあう。

……そう。あのときは、ちっちゃいアイが助けてくれたの。こんどは、はんたい。アイを助ける番なんだよ。育ちゃんには、アイがやきもちやいたってごまかしてきたけど、もうだめ。あした、ちゃんと聡司さんに話すからね。みんなで考えよう。どうしたらいいか。

ええーっ、まだいいよ。

よくないっ。

ミコちゃんは、金髪をざばざばふった。だって、いやなんだもん。アイが、ちっちゃいのにがまんして、しょんぼりしてるの。ミコちゃんは、成人式もしたおとなのくせに、泣き虫でこまる。

テーブルにもどって、育ちゃんにあやまった。ごめんなさい、育ちゃん。育ちゃんは、じぶんこそごめんねっていった。育ちゃんは、さっぱりしてて、やっぱりとってもいいひとだなって思った。

そのあとは、三人でカラオケ二時間して、帰ってきた。

お店には、いつもいるおじさんおばさんたち、それと、なぜかうちのクラスのオキモトさんがいる。となりのひとは、お母さんみたいだった。

……アイ、沖本さんはね、はなしがあるんだって、待っててくれたんだよ。あっちで、ふたりで話しておいで。

父さんが、トレイに紅茶セットをのせてよこした。怒ってるみたい。もう、ばれちゃったんだ。

ミコちゃんをこっそり見ると、こくこくうなずいてる。育ちゃんは、修司さんのほうにいって、オキモトさんのお母さんに頭さげてる。やだなあ。みんなが知っちゃう。

出窓の席は、いつもカップルのひとにすわってもらうことになってる。オキモトさんは、きれいないすだねっていった。それから、二回、深呼吸した。

アイぴょん、ごめんなさい。ごめんねえ。

おおきい声でいったので、お店の全員がみんなこっち見た。もう泣きべそになってる。

……べつに、オッキーは悪くないじゃん。

そんなことないよ、悪いよう。オッキーは、ミコちゃんよりもっとぽたぽた泣いて、ハンカチをポケットから出した。

……あのねえ、きょうねえ、おうちで宿題やってたの。したら、おかあさんに、二学期になって、字がきれいになったねって、ほめられたの。それって、アイぴょんがノートの書きかた、あたらしく教えてくれたからだって、わかったの。それなのにさあ、それなのにさあ、みんなちっともわかってないんだもん。先生もさあ、ぜんぜんわかんないんだもん。したら、かなしくなったら、お母さんがどうしたのっていって、それではなしたら、アイぴょんにごめんなさいっていいなさいって。ごめんなさい、ごめんねえ。

そうなんだあ。ははって笑って、この笑いかた、父さんとおなじって思った。お母さんって、よけいなこと心配するんだねえ。育ちゃんの気もちが、ちょっとわかった。横目でカウンターを見ると、父さんとオッキーのお母さんは、おとなのはなしかたで、なんかはなしてるみたいだった。

……オッキー、ありがとうね。でも、あした学校ではムリしてこっちこなくていいよ。

ほんとにいやになったら、ちゃんと先生にいうから。保健室の先生にも、いうから。

紅茶のんで、カウンターにいっしょにもどった。

じゃあ、明日ね。

ばいばい。

オッキーは、うさぎみたいな目で、でもさっぱりした顔で、おかあさんと手をつないで帰っていった。

……ミコは、知ってたね。

父さんが、いった。

ごめんなさい。ミコちゃんがあやまると、修司さんが助けてくれた。アイは、父さんに心配かけたくないと思ったんだよな。そういうことを考えるだけ、おおきくなったってことだな。育ちゃんは、だまってじっとこっちを見てる。

……きょうは、遅いから、もう風呂はいって、寝なさい。そのかわり、明日は六時に起きなさい。父さん、どうしたらいいか考えてみるから。

……アイ、きょうは心配しないで、よく寝ることだよ。あしたはあしたの風が吹くから、大丈夫。

修司さんが、いつもの口ぐせをいった。それをきいたら、ほっとした。

じゃあ、みなさん、おやすみなさい。

二階にいって、歯みがいて、おふろはいった。

いろんなことがあったなあ。でも、ばれちゃって、ほんとによかったのかなあ。パジャマ着て出たら、育ちゃんとミコちゃんがいた。ミコちゃんは、ミコちゃんちにおきっぱなしで忘れてたランドセルを持ってきてくれてた。

アイちゃん、髪切ってあげる。育ちゃんがいった。

お店じゃないのに、切れるの。

……だいじょうぶよ、きょうは飲んでないし。それに、親友がこまってるときは、助けあわないとね。

……女の約束に、育ちゃんも入ってもらったんだ。

ミコちゃんは、まだよっぱらってるので、にやにやしてる。

床に新聞をしいて、首にタオルとバスタオルまいて、いすにすわった。

どんなふうにしたい。のばしてるんだから、前髪と、伸びたとこそろえとこうか。それだけでも、さっぱりするよ。

育ちゃんは、明日の朝、修司さんの髪を切ってあげようと思って、お店からはさみ持ってきてたんだってノロケた。

ええとね、いっぱい切って。

えっ、いいの。切ると、寒いよ。ふたりとも、ちょっと心配そうだった。

……いいの。みんなのこと、びっくりさせてやる。

よーし、わかった、まかせなさーい。

そうして育ちゃんは、しゃかしゃかとはさみを動かす。

うわー、ばっさりやってますー。

ミコちゃんは、したからおおきい鏡をもってきて、動画でとってる。

さいごに、ドライヤーで、がーっとかわかした。

……どうですか。

おおおー、いいじゃーん。

また三人で、声をあげた。

かるーい、男の子みたーい。あたまが、ふらふらするよー。さっぱりしたよー。

ふたりとも、いいよ、にあうよ、かわいいっていってくれた。

このまんま寝ちゃって、明日の朝、父さんをびっくりさせなよ。でも、寝てから部屋に入ってきたら、ばれちゃう。そういったら、ミコちゃんが、きょう買ったばっかのニットのキャップ、これかぶっとけばいいって、かしてくれた。

じゃあ、明日、がんばんなよ。おやすみ。ふたりが帰った。

キャップかぶって、ベッドにもぐりこむ。おふとんが、ひやっとして、からだをいっぱい動かして、あったかくする。

オッキー、なんていうかなあ。超びっくりするだろうなあ。

きょうから、育ちゃんも親友になったんだ。

あしたって、ちょびっとだけおもしろい。いやなこといっぱいあるんだけど。

木枯らし一号は、きょうおわった。

木枯らし二号がきても、あした、ぜったい、学校いく。

ヲトメノイノリ

1

残暑きびしいなか、満席のおはこび、まことに御礼申しあげます。

もういいかげんに、暑いしんどいと申しあげたくもございませんが、ことしの夏はずいぶん気が強いと申しましょうか、K・Yというのでございましょうか、トリプル台風なんかが来ても、なかなか動く気配がございません。

例年でしたら、暦が九月ともなりますと、朝晩はいくらかすーっとした風が吹くもの。それから、お寺の境内で鳴いていた蟬も、だんだんとおとなしくなっていく。

そうすると、蟬といっしょにぎゃあぎゃあさわいでた子どもたちも、しおれますね。

二学期でございます。

まあ、だいたいの子どもさんは、夏休みの宿題を終わらせないまま、学校がはじまってしまいますでしょう。最初の日は始業式だから出さなくっていいやって、知ってますからね。ことしは、一日が木曜、二日が金曜でございますから、そらっとぼけて来週五日の月曜に、なんとなーくそろっていればいいっていう算段ですよ、あいつらは。

つまり、天王山、修羅場は九月三日、四日でございます。お天気調べだの、朝顔の観察日記だの、自由研究。親御さんは、徹夜でございましょうねえ。

とはいえ、これも日本の風物詩と申しますか、お客さまも覚えがございますでしょう。むかしっから子どもなんていうのは、遊びほうけて夏がすぎて、あっぷあっぷになっていてあたりまえなんでございます。ところが、いまの子どもさんときたら、いろいろ習い事やら塾に通ってるから、ほんとうに苦労が多い。かわいそうですね。

文武両道なんて、親もできなかったことをのぞまれて、塾や計算教室のない日は、スイミングだバレエだ、テコンドーだチアリーディングだって、大忙しなんですから。もう寸暇を惜しんで、寝ないで遊ばないといけない。大変でございます。

親御さんがた、ちょっと急ぎすぎじゃございませんか。失礼ながら、申しあげたくなるときがございますね。

たしかに、みぎも左もわからないうちに仕込んでおけば、いずれ芽が出ることもございましょう。あれは世阿弥さんがいい出したらしいですね、芸事は六歳の六月六日から始めなさいなんて、たしかにいわれたものですよ、むかしだって。

それにしたって、ねえ。いまなんて、おむつしてる赤ん坊からプールに通うんだそうでございます。さっきまでおっかさんの腹んなかであっぷあっぷと泳いでて、ようやっと出てきたら、また泳がされちゃうんですから。それじゃあ、生まれてきたって実感もわかないんじゃないでしょうかね。赤ん坊ならまだいい。胎教だって、みなさん熱心でございましょう。これから世間の荒波を渡ってかなきゃならないのに、生まれるまえから泳いでたら、それはあなた、くたびれもいたしましょう。

それでなくても、ご長寿高齢化まっしぐらの日本なんです。そんなにいそがなくってもと、思いますがねえ。子どもなんていうのは、一日がかりで泥だんごまるめたり、蟬のぬけがらを袋いっぱいに集めちゃったりね。そういう、くだらないことに熱中する生きものなんです。くだらない年ごろに、馬鹿なことをちゃーんとしておかないと、いつかどこかで、ぽーんと破けちまうような気がいたします。

せまい島国、そんなにいそいでどこへいく。いまの世のなか、習い事なんて、六歳からじゃなくて、五十の手習い、いえいえ、いっそおめでたく六十六歳の六月六日からでも、ちょうどいいくらいなんじゃないですか。

もうすぐ敬老の日が参りますけれど、うちの長屋のみなさまなんて、それはもう、すばらしいかくし芸を披露なさっていますよ。手品ですとか、フラダンスですとか、南京玉すだれとか。

若いうちに一生懸命働かれて、それからのんびりと趣味に没頭しても、じゅうぶん間にあう世の中ですよ、ほんとうに。そんな町内のおはなしを一席……。


「ごめんくださいまし」

「はーい。あらまあ、佃甚のおかみさんじゃありませんか。先だっては、どうも、お手間をおかけいたしました」

「いえいえ、とんでもないことでございます。いつも御贔屓にあずかりまして、ありがとう存じます」

「ほんとうに、いつもどっさりお願いして、恥ずかしくなっちゃうんですけどね。宅の実家では、盆暮れのお待ちかねなんですのよ。親戚じゅうが、佃煮は、千住の佃甚しか食べないって、切らしても歯をくいしばって我慢してるらしいんです。義理の姉がおいしい、おいしいって触れまわるもんですから、うちもうちもって、さしあげるところがどんどん増えてしまって。お忙しい時期にすみませんでしたねえ。ええと、それで、きょうは。もしかして、お会計がまだでしたかしら。こないだは注文で頭がいっぱいで、うっかりしたのねえ、すみません」

「いえいえ、めっそうもない。お見えいただきましたときに、きっちり頂戴いたしました。ほんとうに奥さまのおかげで、だんなさまの地元、甲府のデパートからも注文を頂戴しまして、年明けから置いていただけるようになったんでございますよ。うちは、ほんとうにありがたいばっかり、御礼の申しあげようもないことでございます」

「そうなんですってねえ、ききましたわ。宅の実家では、いまから買いしめるんだって鼻息荒くしてますわ、ほほほほほ。ええと、それじゃあ。あ、お孫さんのお迎えでしたか。おたくのエビ子ちゃん、元気がいいわねえ。ちっちゃい海老みたいに、よくはねて、ほっぺがあかくって。いきがよくって、食べたくなっちゃうわね」

「ほんとうに、落ちつきのない子どもで、お嬢さまにはご迷惑をおかけいたしまして、申し訳ないことで……」

「いえいえ、いま呼んできますわね……。あら、きょうは月曜。お稽古のない日だわ」

「はい。きょうは、実を申しますと、折り入って、こちらさまにお願いごとがございまして……」

「あらまあ、そんな深刻なお顔なさって。いったい、どうなさったんですの。お力になれることなら、遠慮なさらずおっしゃってくださいまし。残念ながら昨年交替いたしましたけれど、この小川まつ子、三十年の長きにわたり、町内会婦人部長を務めさせていただきました。日ごろの佃煮の恩返し、ぜひお力にならせていただきます」

「大変ありがたいお言葉、いたみいります。ですけれど、じつはあの、本日は、お嬢さまのゆり子さんに、お願いごとでございまして……」

「えっ、ゆり子。うちのあの、ものぐさ娘のゆり子ですか。まああらあら、ほほほほ。そうおっしゃいますが、奥さま、あれにお力になれることなんて、あるんですの。ほんとうにピアノを弾くしか、能のない娘なんですのよ。それも、ここだけの話ですけれど、そのピアノだってねえ。あれはほんとに子どものまんまで、いまだにピアノを弾くのがいやでいやでしかたがないんですの。いまだに毎日、親が口をすっぱくして、弾かせてるんですのよ。ピアノの先生が練習ぎらいなんて、世界でゆり子だけ。きいたことがない話ですのよ。もう恥ずかしいやら、情けないやら。きょうなんて、お稽古がお休みでしょう。まだ寝てる、もう二時ですよ。ほんとうに、邪魔で邪魔で邪魔で邪魔で、ああいやだ。ああいうトドみたいな人間のこと、おかみさん、なんていうかご存知ですか。パラシュート・シングルっていうんですの」

「はあ、すてきなお名まえがあるものなんでございますねえ。ですが、よそのお子さんに教えられるのは、さぞかしご苦労なことと思いますよ。よっぽどお疲れなんでございましょう。それでは、もうすこしあとになって、夕方、お目覚めになられたころ、改めておうかがいさせていただきます」

「だめだめ。夕方になると、ふらっと出ていって、どっかで一杯いえ、二杯三杯、六杯、十二杯とひっかけてくるんです。いまどき、そこの長屋の噺家さんだって、もっとまじめに暮してらっしゃいますよ。もう、うちでは、あれのことはすっかりあきらめました。もう、ゆり子を娘だと思っていないんですのよ。あれはね、ああ見えて、息子。じつは息子なんです。奥さまも、そういうことにしてくださいまし。ちょっとお待ちくださいね、いま、うちのゆり太郎を起こして参ります」

……さて、二階で惰眠をむさぼっておりました、この家の娘のゆり子。玄関先で母親が悪口をならべておりますのが聞こえまして、さすがになにいうものかと目を覚ましました。階段を、どすんどすんと降りてまいりました。

「あら、奥さま、降りてまいりましたわ。うちのパラシュート」

「母さん、それ、パラサイトだから」

「そんなの、なんだっていいのよ、ぼんくらの穀つぶしって通じればいいんです。なんなの、お客さまのまえにご挨拶もしないで。ほんとにあんたは、パラパラパラパラパラパラパラパラ、みっともないったらありゃしない。生徒さんたちだってね、笑ってますよ。あんたは子どもだからって、みくびってるけどね、こないだは駅前団地のきららちゃんに、ゆり子先生チョコモナカアイスかじってたーって、いわれちゃったのよ。親御さんにだって、ちゃーんと見られてるんですからね。お願いだから、スーパーちくまのまえで、ぼさぼさ頭で焼きとりの串しごくのだけは、やめてちょうだい」

「そんなの、むかしっから、みんなやってたじゃない。いまさら隠したって、しょうがないわよ」

「あんたはむかしからって、みんなって、すーぐいうけどね。それが野球部の小学生とか中学生とかなら、わかるわよ。お腹がすく、育ちざかりなんだから。こないだなんか、先々代の町会長さん、マルトヨクリーニングのだんなさんにもいわれちゃったんですからね。お宅のお嬢さんは、発表会のきれいなドレスを持ってこられたその足で、スーパーちくまのまえで焼き鳥の串をね、八重歯でキューっと。それでもって、缶チューハイをごくごくっと、いやあ水を飲むようないい飲みっぷりでって。もう心臓がとまるかと思った。あんたをお嫁に出すのは、とうの昔にあきらめてますけどね、お父さんだって、血圧高くなってるんだからね。お願いだから、お父さんの寿命縮めるような、親不孝だけはしないでちょうだい」

「いいじゃないの。チューハイのない焼き鳥なんて、亡くなった喜多八師匠に申し訳がたたないわよ。この夏は新盆なんだから、いつもの倍飲んでも、たりないくらいよ」

「だからって、あんたの格好は、ドレスかおっさんかって、キャップをしめすぎちゃってるのよ」

「それをいうなら、ギャップがありすぎだって」

「ああもう、ああいえばこういう、にくったらしい。あっ、すみません。ほんとうに奥さま、おほほほほほ。家の恥をすっかりさらしてしまって」

「いえいえ、絶妙な丁々発止、さすが音楽家のおうちでございますね。親子のいさかいは、どこのうちでもあることでございますよ。ゆり子先生、お休みのところ、お騒がせいたしております。あのう、じつはほかでもない、先生にお願いごとがございまして、参りましたんでございます」

「あのー、そのお話って、もしかすると、お宅のエビ子ちゃんの赤バイエルを終わらせてほしいってことでしょうか。それでしたらいい機会ですから申しあげますが、あの子、すこし休ませたほうがいいんじゃないかなあ。幼稚園からはじめて、ことしで小学六年生。そのあいだずーっと赤バイエルっていうのは、本人も居心地が悪いと思うんですよ。それに、ひとのこといえた義理じゃありませんが、エビちゃん、あんまりっていうか、まるで練習しないでしょう。こないだは、先生、手首が痛い、ケンショーエンみたいっていうんで、そんなに練習したならって弾かせてみると、先週よりへたになってる。どうしたのって問いつめましたら、どうもゲームのやりすぎみたいでした」

「先生、うちのエビ子も、とうのむかしにあきらめてるんです。ここだけの話、あの子はがさつで、不器用で、どうやら顔はうち、なかみは母親のほうに似てしまったみたいで……、いえいえ、きょうおうかがいいたしましたのは、あの子のことではないんです。こちらのお教室に、どうか通わせていただきたいというお願いなんでございます」

「ですから、エビ子ちゃんは、ちょっとっていうか、かなり無理かなあと」

「いいえ、エビ子ではなく……」

「ええっ、それじゃもしかして、お宅の鮎太郎っていうんじゃないですよね。アユ公は、エビちゃんよりさらにひどいと思いますよ。小中の九年間、ずーっとおなじクラスだったんですから、よーく知ってます。あいつは音痴だし、根気はないし、不器用だし、泣き虫で」

「はい、あれも、なかみが主人のほうに似てしまいまして、おっしゃるとおりの音痴で、根気なしで、不器用の泣き虫。いまじゃあ嫁の尻にしかれっぱなし、いえいえ、息子でもないんでございますよ」

「そうすると、そのお尻のでっかい、がさつで不器用なお嫁さんが」

「いえいえ」

……おかみさんは、身を縮めて、首をふるばかりでございます。町内に知らぬことなしの、まつ子さんも首をかしげる。

「だって、お宅のご主人でしたら、おととし亡くなられましたよねえ。婦人部を代表して、弔問におうかがいいたしましたもの。すると、いったい……」

「この、橋本潮子でございます」

……あらまあ。

母娘そろって目をみひらきます。そこからは、おかみさん必死です。お願いでございます、お願いでございますと玄関にあたまをこすりつけようとなさる。ひとまずここではなんですからと、ふたりしてなんとかあたまをあげてもらう。

2

応接間に通されますと、となりの部屋のドアがあいておりました。りっぱなグランドピアノが、どーんと置いてあります。おかみさん、頰をそめて、首をのばしてピアノを見つめます。

ここの息子、いえ、娘のゆり子、がさつでものぐさながら、ちいさいころから耳がよかった。勉強も運動もさっぱりでしたが、ひとり娘の嫁入り道具にとピアノを習わせてみたところ、びっくりするほどなんでも弾きこなしますものですから、これこそ天賦の才に違いない。ふた親は思いこみまして、あとはもう、青い尻をたたきにたたいて、あれよあれよと英才教育まっしぐらでございました。

ゆり子のほうも、ちいさいころはわけもわかりませんから、コンクールに出れば、トロフィーだの賞状だのをもらってまいります。ほめられれば、ちょっとはうれしい。そのぼんやり、いえ欲のなさがよかったのでございましょう、高校からは特待生、大学のとちゅうからは海外留学と、とんとん拍子にのぼってまいりました。まつ子さん、さぞ鼻高だかでしたでございましょう。

ところが、もともとものぐさで練習がきらいな娘ですので、海を渡ってしまえば、親の目が届かない。尻をたたくひともいない。みるまにぐうたら暮らしになりまして、飲んで飲んでまた飲んで、Tボーンステーキだ、ローストチキンだ、ロブスターだと八重歯でキューーっとしごいておりました。

そうしてとうとう、奨学金やら賞金やらをみーんな使いはたして、すってんてんになって、親もとに送り帰されてまいりました。自宅で始めたピアノ教室なんていう看板は、親の世間体のためにぶらさげているようなもの。帰国してしばらくは、眠れる獅子と期待されたときもございましたが、あの業界も新人がどんどんあらわれ、生き馬の目を抜く商売ですから、獅子も生き馬も、もうずっと眠りっぱなしでいるのでございました。

「おちいさいころに、習っていらしたんですか、ピアノ」

「いいえ、まったく」

「失礼ですが、おいくつになられます」

「昭和十五年三月生まれで、来年の春に、喜寿になります」

「あら、宅とおない年でございましたか。お店で働いてらっしゃるから、うちのデブチンよりずっとお若くていらっしゃるわ」

ゆり子先生、母親の声をさえぎるように、ため息をひとつ。きびしい顔をしています。

「ちいさいころ、すこし習った経験がおありでしたら、楽しいかもしれませんが、まったくはじめて、ドレミの運指からはじめられるとなりますと、思っていらっしゃるよりご苦労されるかもしれませんよ。ご商売もおありだし、なかなか練習のお時間も、お作りになれないことでしょうし」

「おっしゃることは、ごもっともでございます。ですが、あの孫の、たらたらしたおさらいを耳にしておりますうちに、どうしてもあきらめきれなくなりまして。このまま、一生弾かずに終わるなんて、死にきれません。このひと月、夜も眠れないほど悩んだすえの、お願いなのでございます。主人が亡くなり、店のほうは、若夫婦はまだまだですが、長くいてくれます腕のいい職人と、店のものたちがいてくれます。来週は、ピアノの部屋の防音工事をすることにいたしましたし、耳にヘッドホンをつけて弾けるキーボードも届きます。とにかく毎日一生懸命、朝から晩まで、死ぬ気でおさらいをいたします。どうしても、弾きたい曲があるのでございます。いのちがけで、指から血が出ても練習をいたします」

「どうしても、弾きたい曲。それというのは」

「乙女の祈りって、ございますね。あれなんです」

……うーん、あれですか。

母娘、そろって腕を組んでしまいました。

「かなり、むずかしいですよ。おたくのエビ子ちゃんなら、これからはじめて、一生かかると思います」

「先生、もうその一曲だけ弾けたら、それでじゅうぶんなんでございます。この歳になって、エビ子みたいに一から始めたんでは、もう間にあいません。ほかの曲はいりませんので、あれだけ、どうか教えてくださいませ」

「いきなりで、あれだけ、ですか」

「はいもう、いきなりでお願いいたします。あれが弾けないと、どうしても死にきれないんでございます」

「それにしても、ベートーヴェンみたいな天才ならともかく、ピアノ教室の生徒さんが、いのちがけっていうのはおだやかじゃないですね。どうしてまた、そんなに思いつめていらっしゃるんでしょう。なにか、わけがおありなんですよねえ」

……おかみさん、頼みこんでいたあたまをあげて、となりの部屋のピアノをまた見つめます。

「はい……。昔もむかし、大むかしのおはなしになりました。いまでこそ佃甚のおばあちゃんで、この千住がすっかりふるさととなっておりますが、もとは越後新潟、村上の生まれ。実家は海産物問屋をいたしておりました。うえに兄がふたり、つぎに姉がひとりの末っ子、姉とは十もはなれておりましたから、恥かきっ子ではございましたが、家族にかわいがられて、あまやかされて育ったんでございます。

そう申しましても、昭和の十五年。時代はだんだん暗くなるいっぽう、戦局もきびしくなってまいりましたところでしたねえ。うちは、そのあたりでは大きな店でした。兄たちは、まだ学校の途中でしたが、店の若いひとたちがつぎつぎに兵隊さんになって、遠方に出征されました。食糧は配給制になって、蔵のなかにありました昆布もわかめもかつお節も干した魚やするめも、みーんな供出されて、店は開店休業です。それでも、あの店は昆布もわかめもどっさり隠しているんだろうって。子どもにはわかりませんでしたが、家のものはずいぶんつらい思いをしたようです。

それだけじゃ、ありません。贅沢は敵といって、きれいなものは、みんな悪いもの、お国の敵になってしまいましてねえ。

うちは両親が音楽が好きで、戦争がはじまるまえは、蓄音器でいろんなレコードをかけて楽しんでいたのだそうです。兄たちにはバイオリン、姉にはピアノを習わせて。応接間には、あのころまだめずらしいピアノがあって。こちらのようにりっぱなものではありませんでしたが、姉はご近所さまにきこえないよう、蝉のにぎやかな真夏の昼間、ほんとうにちいさい音で、ぽろんと鳴らしてくれましてね。

それから、秘密よって、からっぽの蔵のなかで、お布団にくるまって、たからもののオルゴールを鳴らしてくれたんです。それが乙女の祈りでした。お姉ちゃんは、この曲が上手に弾けるのよ、潮子ちゃんが六つになったら、教えてあげましょうねって。それはそれは楽しみにしておりました。

そうして、あれは四つになった夏でした。

母といっしょに畑から帰ってくると、家からピアノが運び出されている。金属を供出するようにとの、お達しだったのでございます。お若い先生にはおわかりにならないと存じますが、楽器も、もうただの金属になった時代だったんでございます。姉は店のまえで、目にいっぱい涙をためて、ピアノをきれいに拭いておりました。それを、兄たちがリヤカーに乗せて、ひいていきました。姉と両親とならんで、兄たちのうしろすがたをずうっと見送りました。

六つになったら弾けるようになると思っていたピアノは、そうして家から消えてしまいました。姉は、ぎゅうっと抱きしめてくれましてね。潮子ちゃんが六つになるころには、きっと戦争が終わって、ピアノも帰ってくるからねとなぐさめてくれました。けれど、それからあとは、どんどんお稽古どころではなくなるばかりでした。

戦争が終わったときは、五つ。父の商いはもと通りとはいかなくなって、寝こみがちになりました。兄たちは、まだ学校で家を出ておりましたし、姉はお裁縫が上手だったので、女学校をとちゅうであきらめて、呉服屋さんの縫い子に住みこみで入っておりました。そこで無理をしたんでしょう。かわいそうに、胸を病んでもどってまいりました。

あの優しい姉が、すっかりやせて、しろくてきれいだった指も、枯れ枝みたいになって、病院に送られていきました。お見舞いにいきたいとたのんでも、うつるといけない。けっして許してもらえません。それでいつも、母にお手紙を託しました。

そのころ、うちの近くに教会ができまして、ちいさなオルガンが一台、届いたのでございます。お姉さまが治ったら、そのオルガンで乙女の祈りを教えてくださいと書きましたら、姉からは、いっしょに練習をしてひきましょう、その日を楽しみに、病気をなおしますと返事がまいりました。

そんな文通も、ひと月ほど。ついに、約束はかないませんでした。姉は、二十歳で亡くなりました。最後の手紙には、蔵のおくのりんご箱の底にかくしたオルゴールのことと、乙女の祈りを、お姉さまのぶんもがんばってひいてください。神さま、仏さま、とご先祖さまといっしょに、楽しみにしていますとありました」

……おかみさんの、涙いっぱいのうちあけ話。聞いております母娘も、しだいにもらい泣き。

「申し訳ありませんね、なにぶん、むかしのはなしでございますから。それからは、兄たちが一生懸命働いてくれまして、高校まで出してもらったのですが、やっぱりピアノのお稽古は、高嶺の花でした。父の知りあいのつてで、佃甚で働くことになりまして、東京にまいりました。なんのとりえもございませんでしたけれど、村上というのは茶どころでして、お茶をいれる勘どころだけは、こころえておりました。それをうちの先代が、気に入ってくれまして、おそばでお茶を出しておりますうちに、せがれの嫁にといわれまして。両親も兄も、泣いて喜んでくれまして、姉の形見の振り袖でお嫁入りいたしました。いつもいつもほんとうに、亡くなった姉に守られて、ふたりぶんの幸せを生きていると思って、きょうまでまいりました。

ただひとつ悔いが残るのは、その姉に、なんの恩返しもできなかった。約束したピアノも、弾けない。せめて、乙女の祈りを弾けるようになって、あちらにいきたい。どんなお稽古も耐えます。おばあさんだからといって、ご遠慮なさらず、きびしく教えてくださいませ。どうぞ、ゆり子先生、このとおり、お願い申しあげます」

涙ながらに、あたまをさげます。ゆり子先生、横目で母親をうかがいますと、お化粧がどろどろに、溶けたチョコレートパフェみたいになっている。ときおり目頭をおさえつつ、だまって腕組みをしてきいていたぼんくら娘のゆり太郎でしたが、じっと目をとじ、きっと眉をあげた。

「わかりました、やってみましょう。おつらいこともあるでしょうが、約束してください。弱音は、ぜったいにいわないでください」

親ほどはなれた押しかけ弟子を見すえて、こころを鬼にして、きつくいい置いたのでございました。

3

……さて、ここから千住のぐうたらピアニスト小川ゆり子先生と、佃煮やのおかみさん、橋本潮子さんの猛稽古となるわけでございますが、そのまえに、潮子さんの悲願の名曲「乙女の祈り」、ちょっと調べてまいりました。

作曲なさったのは、テクラ・ボンダジェフスカ＝バラノフスカさん、ポーランドの女流作曲家・ピアニストでございまして、一八三四年、ポーランドのおうまれです。このころ日本は、天保五年、江戸幕府は十一代将軍家斉の時代です。

「乙女の祈り」は、一八五六年に首都ワルシャワで初版、一八五九年にフランスのパリで出版されるや、爆発的な人気となりました。その後、楽譜は初心者用のピアノ練習曲として、世界じゅうに広まりました。ボンダジェフスカさんは、その後も同様のサロン風のピアノ曲を三十曲あまり発表されましたが、現在演奏されているのはこの曲きりとのこと。お気の毒に病弱な方だったようで、一八六一年、二十七歳の若さでお亡くなりになられています。

その生涯にもどこか、若くして世をさった潮子さんのお姉さんのおもかげが、かさなるようでございますねえ。

さて、ゆり子先生、棚からうすっぺらい紙を出してまいりました。いつものがさつはなりをひそめ、ピアノのふたをしずかにあけます。

「弾いてみますから、きいててください」

……本人は、寝起きにパジャマのぼさぼさ頭でございますが、そこはさすがに、かつては全国コンクール連戦連勝の猛者でございますから、楽譜をひろげて、みぎにぐるり、左にぐるり、ぼきぼきと首をまわすと、きつねに憑かれたように目もすわっている。

たーん、ったたーん、ったたーん、ったたーん、ったたーん、ったたーん、ったたーん、ったたーん。ドゥルルルーン、ドゥラララレーン。

みなさまおなじみの、前奏でございます。

両手の親指と小指で黒鍵白鍵あいまぜながら、変ホ長調の1オクターブ、軽やかに一音ずつ下がってくるごとに、さあっと空気が洗われていく。千住のちいさなピアノ教室は、さながらバラが咲き誇るベルサイユ宮殿のプチ・トリアノン。髪をポンパドールにふくらませた貴婦人たちの優雅なほほえみ。くすくす笑いとお菓子の甘い香りにつつまれるようでございます。

潮子さんは、そばに立って、胸のまえで手を組み、目にいっぱい涙をためて、一挙一動も逃すまいと、まばたきも惜しんで見つめております。ゆり子さんのほうは、まじめに弾くのはもう何年ぶりかのことでございますし、事情をきけば、一音たりともおろそかにはできません。おのずと額に汗のにじむ、迫真の演奏となっていく。ぐうたら娘がひさしぶりにまともに弾いておりますので、母親のほうは安堵のため息。

たららたた、たたた、たた、た、た、た、た、ドゥルルルラーン。

最後の全音符を弾ききり、ペダルの余韻が、静かに消えてまいります。

これが、乙女の祈りです、どうですか。ふりむき、つっと潮子さんに楽譜をさしだしました。

「ご覧になっていておわかりと思いますが、この曲の難所は、やはりこの手のオクターブです。あと、腕の交差もやっかいです。曲の半分以上、手はひろげっぱなし。これは、はじめてピアノにさわるかたには、かなりむずかしいと思います。おかみさん、いえ潮子さんは、手もちいさめですよね。そこで、どうでしょう。もし、この曲だけ弾けるようになればいいなら、オクターブをはずして弾けるように音階も弾きやすくかえて、編曲してしまいましょう」

わが子ながら、それは名案。そうなさいなとまつ子さんが口をはさもうとしたところ、潮子さんは、きっぱり断ります。

「いいえ、先生。それでは姉の供養になりません。姉も、手をずっとひろげるから大変なのよと申しておりました。大変だけど、指をはずさないできれいに弾けると、ほんとうに嬉しいの、それはそれは幸せそうな顔でほほえんでおりました。初心者のくせに、生意気を申し上げますが、どうしても、姉の、その気もちもぜんぶ、弾いてみたいんでございます」

「そうですか……。わかりました。それでこそ、老舗のおかみさんですね。そのお覚悟でしたら、こちらも手かげんはいたしません。さいわい、手が小さいころにこの曲を習ってましたから、鍛え方は心得ています」

……あんたまさか、あれを……、母親がいいかけると、母さんは、黙ってて。娘が遮ります。

「それでは、ただいまからは、年の差については無礼講にさせていただきます。母さんも、レッスンにはいっさい口をはさまないで、邪魔しないで、あっちにいってて」

……心配顔の母親をぎゅうっと廊下に追いだしまして、ゆり子先生は、潮子さんに手足の指のマッサージ、ストレッチ方法から教え始めました。みぎ手と左手でのじゃんけんやら、ハンカチを足の指でつかむやら。

「体操はこんなものです。マッサージは、朝晩欠かさないで下さい。あとは毎日、オクタープでおさえてピアノのはしからはしまでを十往復、慣れたら三十、五十往復と増やす。これは、左右交互にやって、最後に両手を一緒にやってください」

「わかりました」

……それからふたりは額をくっつけて、音符の種類、読み方の講義になりましたが、なにせ御歳七十六の生徒さんですから、脳みそのやわらかいお子さんのように、頭がまっさらではございません。潮子さん、いただいた楽譜をしきりに指でなぞったり、はじいております。

「潮子さん、どうしました。ちいさな音符がくっついてますから、見づらいでしょう、拡大コピーをしておきますね」

……おかみさんは鼻にずりさがった眼鏡をなおしながら、いえいえ大丈夫です、そうしてくすくす笑いはじめました。

「ゆり子先生、長年の習いっていうのは、おそろしいものでございますねえ。ドレミ、と数えているつもりが、音符がそろばんの玉に見えてきて、つい、ひい、ふう、み。はじいてしまいました。それにしても、おたまじゃくしは、いろんな種類がございますねえ。四分、八分、点がついたり、飾りがついたり、いっこうに蛙にならないみたいでございます」

「ははは、たしかに。この曲は、三連符も六連符もあって、その先のお寺の池みたいなもんです。まあ、そういうおたまじゃくしを飼いならす練習をかねてるんですけど、やっかいな大行進ですよねえ」

「先生、この楽譜のひとますは、ええと」

「一小節、です」

「はい、この小節って、三枚で、全部でいかほどございますか」

「ええと、いくつだったかなあ」

ゆり子先生も長年弾いてまいりましたが、すぐには答えられません。そこで、これも勉強です、いっしょに数えましょう。CDをかけて、ふたりでひとーつ、ふたーつと、楽譜を指さしていきます。反復記号というのもありまして、一部くりかえしがあったりと、ゆきつもどりつ数えてまいります。そうして、タタタ、タタタ、タ、タタ、タタ、タ、ドゥラララーン。

「あれ、なんと」

「これは、また」

……ふたりは、目をまるくして顔を見あわせる。

乙女の祈り、全百八小節、お釈迦さまのおっしゃる、人間の煩悩の数と、ぴたりおなじでございました。

「ゆり子先生」

「はい」

「おわかりのことと存じますが、不器用な息子と孫のおもとでございますし、頭もかちかちになっております。いっぺんにこの曲をおさらいするのは、とうてい無理なことわかりました」

「やっぱり、しんどいですよねえ」

「はい……。ですが、この楽譜におじけづいてあきらめたのでは、末っ子の甘えんぼうと、あちらで姉どころか、親兄弟、舅姑、渡ったばかりの主人にも叱られてしまいます。さいわい、嫁ぎましてからは舅に連れられて剣道だけは習っておりました。舅にも道場の先生にも、やると決めたことは毎日つづけなくてはいけないと教わりまして、舅が亡くなって、先生も亡くなられてからも、毎日竹刀の素振り二百回はかかさず続けております」

　両手のひらをひろげると、たしかにかたーい、竹刀豆があります。

「はあ、潮子さん、ずーっとお店にいるように見えてましたが、ものすごく多才なんですねえ」

「いえいえ、めっそうもありません。まわりにいわれて、やったことばかりで、なにひとつ役にたっておりませんが、長く続けることは苦になりません。あさりしじみの殻むきなんて、一日じゅうむいても飽きません。おそらく、そのしつこさが、佃煮やにむいていたんだと思います」

そこで、先生。潮子さんは、ひざ詰め談判とゆり子さんに迫ります。

「先生、毎日、一小節だけ、たたきこんでいただけませんでしょうか。毎日かならず、前の日のおさらいをしてつなげてから、お稽古にまいります」

「といいますと、のべで、百八日かかる算段で」

「はい」

「そのあいだ、一日も休まずに」

……先生にご苦労をおかけするのは、ほんとうに申し訳ないことですが。おかみさんは、またふかぶかと頭をさげる。

さて、困りました。なんといっても練習嫌いということでは、東京どころか海外にも名のとどろいている演奏家でございます。うーむ、うなりつつ譜面をにらみ、なにか思いついたようで、にやり笑う。きゅうに猫なで声で、小首をかしげます。

「あのですね、潮子さん。この楽符、ここと、ここと、ええと、全部で六か所、反復記号がついています。このくり返しのところは、ご自宅でおさらいをなさると、復習にもなってとってもいいのではないかと。どうでしょう」

「いえいえ先生、とんでもない。僭越ながら、本当のお稽古は、その反復のところこそ叩きこんでいただかなくては。おなじ音だからとおなじことをくり返したのでは、退屈な演奏になるのでございましょう、そこが人間の心の落とし穴、むずかしいところでございますね。百八ます、いえ、小節にこめた乙女のこころもち、ひとつでもおろそかにしたら供養になりません」

……えらいっ、よくいった。

ばーんと部屋の扉があきました。まったくもって、そのとおりですわ。廊下できいておりましたまつ子さんが、つんのめるように入ってまいりました。

「おかみさん、よくぞおっしゃってくださいました。まあ、なんとありがたい。この特別レッスン、まさに神様仏様の思し召しですわ。毎日一小節、すばらしい。百八の煩悩を滅却していけば、煩悩まみれのぼんくら娘の頭にも、ごーんと除夜の鐘が鳴るってものですわよ。こちらこそ、どうぞ、びしびしと鍛えてやってくださいませね」

「いえいえ、鍛えていただくのはこちらでございます。それでは、先生、さっそく本日の、第一小節、よろしくご伝授、お願い申し上げます」

……楽譜を捧げ持ちまして、潮子さん、またふかぶかと頭をさげました。

4

……さて、ところかわりまして、こちらは佃煮や、佃甚。

下町めぐりに居酒屋散歩、街道ぞいのにぎやかな店みせをのぞき、そぞろ歩きで大川へ。かつては、松尾芭蕉がここから奥の細道へ船出したという、千住大橋のたもとでございます。さすがに創業二百八十年、老舗中の老舗、店がまえも昔ながらの木造、建物ごと佃煮にしちまったような、つやつや、てりてりの飴いろでございます。のれんをくぐりますと、ふぁーんと醬油のいい香り、ぱりっと白衣を着て帳場にいるのは、番頭さんと、若旦那。おくでおおきなお尻がちらり見えかくれ、これがどうやら若女将。

店のほうにもどってまいりますと、ガラスの棚のうえ、秤をまんなかに据えておりまして、なかには大鉢がずらりとならべてあります。あさり、しじみ、はぜ、小エビ、お豆、しいたけ、なつかしいイナゴは、いまでは高級品でございます。いいですねえ、昆布の山椒煮なんかで、きゅっと一杯。

棚のうちがわには、これまた白衣のおばあさん。なにが気に入らないのか、眉を八文字によせて、はしからはしまで、つついては戻り、つついては戻り、ゆらゆらくり返しております。

「おかみさん、おかみさん」

番頭さんの声もきこえない、まったく、こころここにあらず。とうとうしびれをきらした若旦那がたちあがり、おおきな声で呼びまして。

「母さんっ、酒井さんが呼んでますよっ」

「あら、ごめんなさい、なんだったかしら」

「はい、いま商店街の後期高齢部の、マルトヨクリーニングのだんなさんからお電話ありまして、忘年会の余興の相談は、明日の三時からでいいですかとのことで」

「あら、三時はだめよ、うかがえません。お稽古の時間だもの。酒井さんも、いいかげんに覚えてくださいな。あと八十四日間は、三時から五時までは留守をします。カレンダーにも、しっかり書いてあるでしょう」

「ああ、そうでしたね、ついうっかり、申し訳ありませんでした」

「いいんですよ、酒井さん。あなたが謝ることはありません。店のいちばん忙しい暮れの、いちばん忙しい時間に、お百度参りするなんてひとのほうがどうかしてるんです。まったく、こんな年寄りの冷や水、とんでもない。許すんじゃなかった」

「鮎太郎、そんなことといったって、仕方ないじゃありませんか。お忙しい先生に、無理にお願いしているんですから」

「母さんは、先生先生っていいますけどね。そのえらい先生っていうのは、あの飲んだくれで、なまけもののゆり子じゃないですか。わたしは、むかしっからあいつのことは、よーく知ってるんです。きのうだって、配達のまえに見かけましたよ、あいつときたら、母さんが帰ってくるよりはやく、スーパーちくまのまえで缶チューハイあけて、焼き鳥の串にぎりしめていやがりましたよ。ほんとうにみっともないったらありゃしない。わたしは大橋第一小学校、大橋第一中学校の同窓会長として、はずかしいやら情けないやら、目をふせて車を遠まわりさせて帰って来たんです。ゆり子のおかげで、ガソリンの無駄づかいまでさせられた」

「ゆり子先生は、芸術家なんだから、あんたみたいな凡人にはわからない苦悩があるのよ。飲んだくれを装っていても、きっとこころのなかでは、ベートーベンみたいな顔して悩みいっぱいでいらっしゃるのよ」

「あいつのどこがベートーベンですか。いや、ぜんぜん装ってませんって、あれがあいつの真の姿ですって」

「ちょっと、鮎太郎、それからさきは許しませんよ。まったくなんです、じぶんの子どもがお世話になって、母親までお世話になっている先生を、悪くいうなんて、お門違いもはなはなだしい。小言をいうのは、あんたの娘のエビ子でしょう。まったく練習もしないで、ぼけーっとお稽古にいくもんだから、恥ずかしくって肩身がせまいのよ。毎日おわびを申しあげるこっちの身にもなってちょうだい」

……娘の名まえをきいては、黙っていられません。奥からどーんと若女将さんが出てまいりました。

「お母さん、お言葉を返すようですけど、かわいそうに、エビ子は、ピアノをおばあちゃんにとられて練習できないって、泣いておりましたわ」

「嘘をおっしゃい、ピアノが弾けなくたって、電子キーボードがあるじゃないの。幸か不幸か、あの子はまだあかいバイエルなんだから、あれでじゅうぶんですよ」

「ですけどお母さん、あのお部屋には仏壇があって、亡くなったご先祖さまの写真がずらーっとならんでますわ。こわくて弾けないって、いっています」

「ちょっとまあ、あなた。鯉子さん、あなたったら、なんてばちあたりなことを」

ちょっと小言をいうはずが、嫁と姑のくちげんかが燃えあがる。息子の鮎太郎は尻ごみしつつ、嫁の肩を持っておかないと、あとでどんな仕打ちを受けるかわかりません。

「とにかく、その指。それだけは、店ではやめてくださいよ、朝から晩までとんとんとんとん叩かれていては、店の人間の気が散ってしかたない」

潮子さんの手を見ますと、親指と小指のあいだに、割り箸をわたして、ぐるぐるとくくりつけておりました。

「なにいってるの、これはね、指をひろげるためのオクターブ養成ギプスなんですよ。先生が、焼き鳥やさんの串をながめるうちに、思いついた秘密兵器なんだから、はずすわけにはいきません」

「それから、商品棚に目もりみたいなのを貼りつけたのも、みっともないったらない」

「これは、鍵盤のかわりです。お客様をぼんやり待ってるより、忙しそうに見えて、ずーっといいじゃないの。なんなの、あなたたち、よってたかって後期高齢者を悪者にして、ほんの三か月ほどのことに目くじらたてて。それが、この店を継ぐひとの器ですか。あなたたちがそんなに文句をいうなら、こちらはいつ引退しても結構なのよ。酒井さんも、店のみんなもしっかりやってくれるんだし、あとは、帳簿とごひいきさまの挨拶まわり。あなたたちが面倒でやっていないことを、やってくれればいいだけの話です。ご近所のおない年のひとは、もうみなさんご隠居ですよ。お父さんなんて、もうお墓でぐうぐう寝ていて、うらやましいぐらいですよ。まったく鮎太郎は外面ばっかりいいんだから、なにが同窓会長よ、いつまでも若旦那って呼ばれて、なさけない。鯉子さんも、このばあさんが店番してなきゃ、ママ友さんとのランチカラオケ、お断りするようになるんですよ。それでかまわないんですね」

……四十もなかばの若夫婦は、ぐうの音も出ない、番頭さんはおろおろ、店のものたちも心配顔でなりゆきを見ておりました。

そこに、ただいまー。孫娘のエビ子が、ランドセルをしょって帰ってまいりました。

「あら、エビちゃん、おかえり。いいところに帰ってきてくれた」

「なあに、おばあちゃん。お小遣いくれるの」

「そうね、正直にお返事したら、あげましょう。あんた、きょうは何時からくろいほうのピアノ弾くの」

「えー、ピアノかー。うーんとねえ、それはソーテーガイの質問だなあ。えーとねえ。これから遊びに行くことにしちゃったんだよねえ。だから、遊んで帰ってきて、そうなると、ごはん食べるでしょう、テレビも見ないといけないし、ゲームもきりをつけとかないといけないし、お風呂やさんにもいくしなあ」

「あらあら、忙しいわねえ。じゃあ、おばあちゃんがそのあいだに、エビちゃんのかわりにくろいピアノ弾いといてあげようか。あんたは、お風呂から帰ったら、ゆっくりやればいいわよ。あのお部屋は、防音がばっちりになったんだし」

「え、ほんと、やった、おばあちゃんは、ママとちがって話がわかるわ。え、まじでお小遣いくれるの、ありがとう。エビ子この世でいちばん好きなのは、おばあちゃん。おばあちゃんが天国にいっても、ちゃんとお墓まいりいくから、安心して寝てていいよ」

親ゆずりで、なにより遊ぶのが大好きな孫娘、ランドセルを放り投げて駆けだしていきました。

……なあ、エビ子には、ピアノは無理じゃないかな。

……ええ、お稽古、ことしいっぱいでやめさせます。

夫婦は小声で話しておりますと、おかみさんは意気揚々と時計を見あげます。

「エビ子のことは、あなたたちで決めてちょうだい。あら、もうこんな時間。それじゃあ、みなさん、お稽古にいかせていただきますよ」

……こちら小川家では、母親のまつ子さんがそろそろゆり子を起こそうと、階段にやってまいりました。腰に手をあて、大声で。

こらーっ、ゆり子ーっ、起きろーっ、降りてこーいっ。

「ちょっと、やめてよ、みっともない。たてこもり犯がいるって、ご近所さんに思われたらどうするのよ」

「ああ、びっくりした。起きてるんなら、ちゃんと挨拶ぐらいしに来なさいよ。ひとのうしろに、のそっと立ったりして。お父さんなら、ショックで死んじゃうわよ」

ゆり子、いつものようにいい返しません。浮かぬ顔で廊下のおくへ、扉をあけると、ふらふらとピアノのまえに立つ。ふたをあけて、鍵盤をひとつぽーんと、鳴らす。

「どうしたの、おなかでもこわしたの。あんたが自分で起きてくるなんて、洗濯とりこもう。雨が降ってくる。あと三十分もしたら潮子さんがお見えになるんだから、お茶漬けでも食べときなさいっていいおうと思ったけど……。いやだ。まさか、二日酔いじゃないでしょうねえ」

「違うわよ。まったくほんとうに、母さんは会長やめてから元気がありあまって、うらやましいわ」

「えええええ、まったく。おかげさまで、わたくし小川まつ子、七十五歳。その元気を買われて、この十月一日から、町内会後期高齢部婦人部会長を務めさせていただくことになりましたよ」

「うわ、まじで。みっともない」

「なにいってるのよ、新入りにして婦人部会長は初めてなんだから、大変名誉なことじゃないの」

「まあ、そういわれれば、そうかもね。ピアニストだって、母さんくらい押し出しの強さがなかったら、名誉どころかこんなになっちゃうもんだもんね」

「ゆり子。あんたは、自分が好きでだらけてるんでしょう。それを、なんです。親のせいにしないでちょうだい」

……いいかえしてくると身がまえていますと、ほんとにそうよねえ。ゆり子、ぽろりと涙をこぼします。やっぱりまだ、酔いが抜けていないのか。

「ちょっと、ほんとに具合悪いのね、こまったわねえ。うしろのヤブキタじゃない、ヤマキタ先生のところにいってきなさい。潮子さんとはまだ幾十日もあるんでしょう、休めないいんだからね」

「あと、八十四日……。あんなヤブ医者じゃ、なおんないのよっ、もうっ」

なにを思ったか、両手で、ばーんとピアノをたたきました。

「だって、潮子さん、すごいんだもん。ぜんぜん、なんにも弾けないのに、もうじぶんだけの音楽が、しっかりわかってるの。こっちは三十年もかかって、外国までいってもなんにもつかめなかったのに。最初の一音だけで、ぞーっとした。逃げ出したくなった。うまいとか、下手とかじゃなくて、この音しかないっていう音。幸せそうで、あったかくて、強くて。なんでだろうなんでだろうって、あせっているうちに、毎日毎日、ものすごくゆっくり弾くんだけど、一小節ずつ、それが増えていく。毎日毎日、部屋のなかにこころのきれいな象がみっちり増えていくみたい。ユリコのピアノは歌わない、ユリコには音楽がないって、外国にいってまでずっといわれて、でも弾くしかできなくて。弾いても弾いても、見つからない。そんなふうにやってきた人間が、あんなひと教えていいのかって。もう、やめたい。苦しくなった」

くろいグランドピアノに、ぼさぼさの、ぐじゃぐじゃがうつっている。中学生のときにコンクールで優勝して、親戚一同から買っていただいた、ゆり子の親友、おさななじみといっていいピアノです。

「潮子さんが弾いてると、このピアノ、よろこぶ。はじめて笑ったみたい。すごくきげんよく、歌ってる。いまだってピアノが音を出したくて、待ちかねている。さすがに、おちこんだ」

……パジャマ姿で、はなみずたらして、泣く娘。母親のほうも、めずらしく口をはさまず、じっとききき終える。そして、そうでしょう。そうでしょう。深くうなずく。

「四十すぎのいいとしして、ほんとに寝ぼけたことといって。そんなの、あたりまえでしょう。潮子さんっていうひとはね、ずうーっと真剣に、生きるべき道をひたすらさがしてきたひとですよ。その道が、いままではしっかり、まっすぐに見えて、ふりかえるときが来ているの。あんたみたいに、芸術だ表現だってかっこいいことといって、目のまえのやるべきことから逃げてばっかりの弱虫とはちがうの。いいですか、じぶんの音楽を作るっていうのは、じぶんのまんまでしょうがないけど、それでもやるしかないって腹をくくることでしょう。あんたは、ショパンでもベートーベンでもないんだから、焼き鳥の串しごいて、缶チューハイぷしゅーとあけて、ごくごく飲んで幸せなら、その幸せを心底あじわって理解しなくちゃいけない。ひとに教えられることがあるんなら、まず嘘偽りなく生きていなきゃ、伝わらない。お父さんもお母さんも、いままでのゆり子なんて、透明人間みたいなもんだって思ってます。潮子さんは、あんたにとっては、大先生よ。教えてるんじゃなくて、教えていただいてるの。楽譜なぞっておしまいなんて思ってたら、こんどというこんどは許しませんよ」

……まつ子さん、うなだれる娘に、このときばかりといいたいことをいって、すっきりいたしました。そうすると、ふと楽譜に目がいきます。

「ねえ、おかみさんのピアノ、そんなにすごい」

「すごいなんてもんじゃない。あれこそ、正真正銘の乙女の祈り」

「それって、素人がきいてもわかるものかしら」

「そんなの、じぶんできいてみればいいじゃない」

そうなのね……。つっとうしろの壁にいって、暦をめくります。

「百八日目っていうのは、ええと、あら十二月十四日、討ち入りの日なのねえ」

……よーし、わかった。これで、決まりだ。

「ゆり子、なにがなんでも、遅くても十二月二十七日には、乙女の祈りを仕上げてちょうだい、二十八日の町内会後期高齢部忘年会の余興、おかみさんに弾いてもらいましょう、その正真正銘の乙女の祈り」

「ちょっと待ってよ、まだ半分も終わってないし、どうなることやらわからない。後半は、前半の何倍も大変になるんだし」

「そんなの、あのひとの情熱に、あんたが死ぬ気でこたえたら実現することでしょう」

「手はなんとかなっても、足のペダルはまだ手つかず、足つかずなんだもの」

「そんなのは、どうにでもなるじゃない。潮子さんはね、ミシン踏むのも上手だから、なんとかなる。そうだ、足もとで黒衣でだれか、しゃがんで押せばいい……、ほらあの子、孫のエビ子ちゃん。あの子ちっちゃいから、黒い服着せてしゃがませて、ペダル押させればわからないわよ」

「そんな無茶苦茶な、そんなんじゃ供養にならないっていったのは、母さんじゃない」

そうこうするうちに、呼び鈴が鳴りました。

玄関で、ごめんくださいましと、おかみさんの声です。

「まあまあ、おかみさん、潮子さんお待ちしておりましたわよー」

後期高齢部婦人部会長は、廊下をだだーっと駆けていく。

その背なかを、ゆりこはぼう然と見送っておりました。

5

「こんちは」

「あ、これはこれはマルトヨさんの奥さん、毎度ごひいきに」

「ええとね、きょうは、つくねと、ねぎまと、レバとハツ。あとはそうね、皮もね。みんな七本ずつ、お願いします」

「つくね、ねぎま、レバとハツに皮、いつもどおりの全タレですね。店内のお買いもののあいだに焼いときますから、お会計もそのときで」

「どうもありがとう。うちのひと、焼き鳥きらいなのに、こちらのだけはうまいうまいって、いくらでも食べるのよ。ありがたいわ」

「いやあ、食通のマルトヨクリーニングのだんなさんにほめていただけるなんて、光栄ですねえ」

「いやあね、うちのひとなんて、食通でもなんでもないわよ。あら、そういえば、さいきん、ゆりちゃん見かけないわねえ。ほら、このくらいの時間なら、たいてい立ち飲みしてたじゃないの、缶チューハイ握りしめて。お腹でもこわしてるの」

「そうなんですよ。ゆり子先生ね、かれこれふた月になるかなあ。断ちものするからって、ぱたっと来なくなっちゃって」

「あらあらまああ、それは例の件よねえ。でもきてないってことは、佃甚さんのお稽古は、つづけてるのよねえ。ゆりちゃんも、大役買わされちゃってご苦労よねえ。あそこはなんたって、お母さんが張りきっちゃうひとだから。だってほら、テレビにも出ちゃったんでしょ、あのひとたち。うちはそのころ衣替えキャンペーンで、てんてこまいだったから見てないんだけど、お客さんたちの噂は、すごいわよ」

「うちもですよ。テレビに出てたピアノの先生、あんたんとこのお客さんでしょうって。じつは、うちにもカメラは寄ってくれたんですけどねえ。どうもカットされちゃったみたいで」

「あら、残念ね。でもここは、路地裏じゃないもの。なんでも路地裏散歩の撮影中に、ピアノの音がきこえてっていう話でしょ。それがいまじゃあ、大騒ぎ。一日一小節とか、オクターブの特訓ギプスだとか、まつ子さんが、あれこれしゃべったっていうはなしじゃないの。後期高齢部事務局って、つまりうちのお父さんのところなんだけど、忘年会の問い合わせが殺到しちゃってるのよ」

「はあー、そうだったんですかあ。それじゃあ、ゆり子先生も、あとにひけねえなあ。でも佃甚の奥さんはしっかりしたお方ですし、ゆり子先生だって、あれでたいしたもんなんでしょ。うまくやってくれるんじゃないですか」

「だといいんだけどねえ、失敗したりしたら、後期高齢部の面目にかかわることになっちゃうって、お父さんが心配してるのよ。ほらあのひと、気が弱いから。けさも胃が痛いって。あら、うしろ、ならんじゃってるわね。お商売のおじゃまして、ごめんなさいね。じゃあ、あとでとりにきますから」

……いつもの時間、いつもの場所に、ゆり子さんの姿なし。断ちものなんて、できるんでしょうか。どこぞで飲んだくれているんじゃあないかと、たそがれの商店街をつーっと、大川のほうまでさがしていくうちに、桜並木につきあたる。花見のころはさぞやというりっぱな枝ぶりを歩いていきますと、うすみどり色のマンションがあります。特別高齢者住宅・ゆるり千住。前期だ後期だのうえには、特別ってのがあるんですねえ。どうやらこちらさん、その特別なお年寄りのお住まいのようですね。一階の窓辺から、耳なじみあるピアノの音が、漏れきこえてまいりました。

「ほら、また最後のところ、指で弾いてる。こころがからっぽになってるよ。もういっぺんやってごらん」

「すみません、つい気がそれちゃって」

「わかってるよ、焼き鳥のこと考えてたんだろ、この時間だから。習慣っていうのはおそろしいねえ、まったく」

「はあ、あと四小節かあ、あと四日だなあって思ったら、ふらっと気が遠くなっちゃいました」

……ゆり子先生、姿勢をただして深呼吸をすると、目をつぶる。みぎにくるり左にぐるり、あらためての儀式ののち、はなから弾きなおすと、やっぱり、乙女の祈りでございます。

……ここはゆるり千住の集会室、ご家庭に置かれている、アップライトのピアノでございます。ゆり子さんにお稽古をつけていらっしゃるのは、こちらにお住まいの笹塚みどりこ先生。ゆり子さんがいちばん最初にならったお師匠さんで、いまはこちらゆるり千住で悠々ゆるりのご生活。久方ぶりにたずねてきたゆり子さんに、乙女の祈りをもう一度教えてくれ、いや、ピアノにさわるところから、一から教えてくれと頼みこまれ、特別教授の真っ最中。

　タラリラ、ラーンラ、ドゥラララーン。

「うん、だいぶ乙女らしくなってきた。酒の匂いも薄くなったし、千鳥足でもないね。あんたのなかに、乙女が見えてきたんだよ」

「そうでしょうか。このところは、もう乙女イコール潮子さんですから、イメージはしやすいんですけど、なんていうか一本気すぎるっていうか、しょうゆの風味が濃いっていうか、そうすると、ああ飲みたいなあって、気がそれちゃうんです」

「ほんっとに、好きなんだねえ。あんたのじいちゃんも、まったくそうだったから、血なんだろうねえ。で、どうなのさ。間にあいそうなのかい。ここのひとたちも、みんな見にいくって大騒ぎしてるよ。いまやあのおかみさんは、われらシルバーの星、いや大金星だよ。あんた、なにがなんでも恥をかかせないようにしてあげないと」

「それは、大丈夫ですよ。潮子さんの努力じたいが、みんなの星なんだから、結果なんてどうだって。そりゃあ、テンポはまだ象から牛になったぐらいだし、指も鍵盤からすべったりしてますけどね、でも毎日確実に、前日の失敗を乗り越えようと、がんばってます。そのすごみがね、気迫がね、きくひとに伝わるんです。だから、あんなちらっとテレビに出ただけで騒ぎになったんですよ。ただのピアニストが、たっらららーんと弾いたって、あんなことにはならないもん」

「そりゃあ、そうだ。あのひとのほうは、大丈夫だ。そうなると、問題はあんただよ。一からやりなおすって、そのとしでコンクール狙うってのもないわけだし、コンサートっていったって、いきなり仕事が来るわけでもないだろうし、あのじいさんの孫なら、宵越しの金だって、考えたことないだろうよ」

「ほんとに、このとしで自分探しをするとは、まったく思いもよらなかったんですけどねえ。でも、このごろようやく、うちのピアノがこころをひらいたっていうか、いい音が出るようになった気がするんですよ。それで、弾くのがちょっと楽しくなった」

「それは、ピアノじゃなくて、あんたのこころが開いたからだけどさ。とにかく、家のひとにも長年心配かけてきたんだから、このさきの身の振りかたは、よーく考えなくちゃいけないよ」

「はい、せっかくだから、ちょっと旅に出てみようかななんて、思ってるんですよね」

みどりこ先生、こくんとうなずくゆり子さんをまじまじと見る。

そうかい……。しわくちゃの顔を、もっとしわくちゃにして涙ぐむ。

「ちっちゃいころ、あんたはなーんにもわかっちゃいなくて、こうするんだよ、ああするんだよって教えると、いまみたいにこっくりうなずいてね。わかってるんだか、わかってないんだか知らないけど、器用に覚えて弾くんだった。なつかしいねえ。でもね、いつまでもそのまんまじゃ、おとながまわりにいて、教えてもらえるって思ってたらだめなんだよ。笹塚みどりこがあんたに教えるのも、ここまでなんだよ。もう、ここからはひとりで、歩いていかないといけないんだ。わかったね」

「はい。みどりこ先生、覚悟は、きまってるんです。ほんとに長いあいだ、お世話になりました」

「よし。それじゃあ、あと四日、しっかりおやんなさいよ」

……かたく握手をしておりますと、笹塚さあんお食事ですよーと、ヘルパーさんが呼びにきて、師弟の最終レッスン、静かに幕となりました。

さて、こんどは大川ぞいを、大橋のほうへ歩いていきますと、なにやら長い列。佃甚の店のまえでは、若女将がしきりに頭をさげています。世は、お歳暮商戦まっさかり。佃甚では毎年恒例の行列ですが、ことしはテレビの評判もあいまって、例年にましての大繁盛でございます。

「寒いなか、お待ちいただいて申し訳ございません。どうぞ、熱いお茶でございます。それからこちら、新商品の乙女こんぶ、おかげさまでとっても好評なんですよ、どうぞお味見なさってください」

「あのう、テレビ見たんですけど、おかみさん、練習どうですか」

「ありがとうございます。みなさんのお声を励みに、いまもお稽古にいかせていただいております」

……えらいなあ。がんばってね。見に行くよー。列にならぶほかのお客さんからも、声がかかります。

「ありがとうございます。あのう、うちの娘、まだ小学生なんですけどね、当日特別にいっしょに出させていただくことになりまして。家じゅうで、わさわさして、みなさんにお騒がせしてばっかりで、ほんとうに。もう、うふうふうふふふ」

……若女将はお尻ゆさゆさと立ちばなしのさなか、おかみさんが帰ってまいりました。いよっ、下町のピアニスト、待ってました。

飛びかう声援に、ひとりずつ頭をさげ、あいさつをしながらなかに入ると、潮子さん、さっそく白衣に三角巾をきりり。店頭に出てまいります。

「はい、お待たせいたしました。こちらで、おうかがいいたしましょう。ご注文を、おねがいいたします」

……声は元気に出しましたが、なにか顔色がすぐれない。会計場の、そろばんをとろうと、立ちあがりました。そのとき、ゆらりとめまいをおこし、その場に倒れこんでしまいました。

おかみさんっ。

母さんっ。

店をほかのものにまかせ、息子の鮎太郎がおくに運び、すぐさま近所のヤマキタ医院に往診の先生をお願いをいたしました。

「ずいぶん、くたびれてるねえ。こりゃあ過労だ。ゆっくり寝て、栄養とらないと。いま、点滴持ってこさせるからね」

注射を一本、してくださる。

「先生、そんなわけにはまいりません。あと四小節、最後の一段にさしかかって、明日は百五小節め。休符つきの三連符からくり返す、苦手なところなんです。おさらいをしないと、ゆり子先生に申し訳がたちません。お教室も閉めて、断ちものまでしてくださってるんです」

「とにかく、休んでからじゃないとだめだよ。おかみさん、これは主治医の命令だよ。ほら、いま点滴入れますから、おとなしく横になって」

先生は、栄養剤に、すこしの眠り薬を配合されてお帰りになったようで、お稽古お稽古といっていたおかみさんも、しばらくすると、すやすやと寝息をたてはじめました。

そばでじっと様子をうかがっていた鮎太郎、寝顔をたしかめ、すっと立ちあがり、仏間に入っていきました。

線香をたて、手をあわせる。

「父さん、ご先祖のみなみなさま。どうか、おふくろの願いをかなえてやってください。いままで文句ひとついわず、店のため、家族のために働いたおふくろの、たったひとつの願いです。ねえ、みなさんご覧のとおりの真正直な人生を、まっしぐらに歩いてきたんです。会えずじまいの新潟のおじいさんおばあさん、おじさんたち、それから、おばさん。どうか、おふくろを見守って、力を貸してやってください」

ひとり息子の必死な願いが、線香の煙とともに空へのぼっていく。そのころ、ぐっすり眠っている潮子さんは、ふしぎな夢を見ておりました。

ざぶーん、ざざーん、波の音。

そこは、目をつぶっても駆けていける、新潟の浜辺です。松林をぬけると、しみるような潮のにおい。すると、いちめんの菜の花畑が見えて、やさしい歌声がきこえて、立ちどまる。花のなかに、なつかしい姉が立っておりました。

「潮子ちゃん、ありがとう。お姉さま、毎日ちゃあんときいていますよ。潮子ちゃんが、がんばってお稽古してくれて、どんなにうれしいか、お姉さまわからない。みんなできいているのよ。毎日毎日じょうずになって、ほんとによくやってるわ。ねえ、おにいさまたち」

「そうそう、それからほら、あのちっちゃい女の子、エビ子ちゃんも、ちょっとはうまくなったじゃないか、なあ兄さん」

「ああ、それにあの先生も、ちょっと変わりもんだけど、腕は確かだな。いい先生とのご縁で、りっぱなことじゃありませんか。ねえ父さん」

「そうだよ、こっちでは、毎日みんなで楽しみにきいてるよ。けれど、おまえは、ちょっとがんばりすぎだ。母さんも心配してるぞ」

「そうですよ、潮子は、末っ子の甘えんぼのくせに、負けず嫌いなんだから。みんな心配してますよ。ちゃんと精のつくもの食べて、休まないと。みんなに心配をかけないようにするのも、店の女将のつとめですよ」

　菜の花畑のむこうに、なつかしい家族が笑っています。ああ、みんな生きてたんだ、よかった。すっかりうれしくなって潮子さんは駆けだします。きいろい菜の花をかきわけていこうとしたとたん、それまでの笑顔が消えて、みんながきゅうに鬼の形相になって、だめだ、くるな。そっちに帰れと、追い払うしぐさをいたします。そうして、くるりと背をむけると、すうっとあちらに消えてしまった。

……なんで、どうして、置いていかないでくださいな。

じぶんの声にはっと目をさますと、ふとんのまわりは息子夫婦、店のひとたち、みんなが心配そうにのぞきこんでおります。

「では、お大事に」

看護師さんが、点滴をはずして、帰っていかれました。

「母さん。いま、みんなで母さんの顔を見ながら話した。母さんは、明日も、とめたって稽古にいくつもりだよね。だったら、本番まで、店に出るのはやめてほしいんだ」

いつもは頼りない鮎太郎が、きびしい顔できりだします。

「だって、そんなわけにはいかないよ。あんたのいったとおり、いまは一年でいちばん忙しいときなんだよ」

「そういう時期ですから、みんなで力をあわせて、おかあさんを支えようって決めたんです。お願いですから、こんどだけは、みんなのいうようにしてください」

若女将も、頭をさげます。

「そうですよ。おかみさんが、がんばっているのを見て、職人が、乙女こんぶをひらめいた。それも、おかみさんがテレビに出られて、どんどん売れている。おかみさんは、うちの看板おかみ、いえ看板乙女なんですよ。無事りっぱに演奏していただかないと、店の評判にもかかわる。これは、おかみさんいがいの人間にはできない、大仕事なんですよ」

長く勤めた番頭さんが、店のものの声をまとめて説得します。

「おばあちゃん。エビ子はね、もうピアノ教室はなくなっちゃったんだけど、おばあちゃんのお手伝いはがんばるから。だって、せっかくゆり子先生に音符読めるようにしてもらったんだもん。だから、まだ死んじゃわないで。お願いだよおう」

かわいい孫に、おーいおーいと泣かれて、おかみさんも、うれしいもらい泣き。

「みんな、ありがとう。ふふ、佃甚の看板にかかわるんじゃあ、命がけでやらないといけないねえ。わかりました。それじゃあ、これから半月、みんなのいうとおり、お稽古に専念させてもらいます。みんなで力をあわせて、がんばりましょうか」

まぶたをとじれば、さっきの菜の花畑で、家族が笑っている。姉は形見の振り袖姿。そうだ、嫁入りの日に着て以来のあの振り袖を、晴れの日の舞台衣装にしたら、姉といっしょに舞台に立てる。

きっと供養になるはずと、潮子さん、あらためて力が湧いてくるのでした。

……時は平成師走の十四日、元禄にさかのぼれば、この日、両国吉良邸に大石内蔵助を先頭に赤穂の義士四十七人が亡き主君浅野内匠頭の無念はらすべく討ち入りし、武士の本懐を遂げた日でございます。

世はうつり、暦もかわれど、かわらぬ供養の煙かな。義の誠を知る日でございます。満願成就を待つ朝というのは、こころしずかに澄みわたり、やはりいつもとはちがうようでございますね。

潮子さん、いつにもまして早起きをして、仏壇を拭き清めますと、朝一番のお茶をそなえ、線香をたき、手をあわせております。

「おかげさまで、ようやくこの日をむかえることができました。ほんとうに、ありがとうございました」

それからは、いつもの日課、竹刀素振り三十分、ゆりこさんにいわれた筋トレ、腹筋背筋にラジオ体操。ひと汗もふた汗もかいて、冷水摩擦。そうしてようやく家族との朝食をすませると、ピアノの部屋にこもります。

「おばあちゃん、いってきまーす」

「あら、エビちゃん。あんた、きょうも来てくれるの」

「うん、学校終わったら、すぐ行くね」

……あれほどお稽古から逃げまわっていたエビ子も、いまでは毎日教室に通っております。けれど、どうやら、これにはわけもあるようでございますが……。

開店から昼まで、また昼から二時までは、防音室にこもってお稽古。十連符や、装飾音符はまだ苦手のようですね。この、こちょこちょしたところが、うまくできないのよねえ。そろばんで鍛えた指先で、くりかえしおさらいをして、きょうもゆり子先生のお宅にむかいます。

「先生、よろしくお願いいたします」

「いよいよ、この日がきましたね。うちの母のせいで、妙なところにひっぱり出されることになりましたが、そんなことより、潮子さんにとっては、きょうがいちばん大切な日です。では、さっそく、弾いてみてください」

……潮子さん、指にずいぶん力がこもるようになりました。背すじものびて、すがたもひとまわり大きく見える。これは、じっさいトレーニングのたまものでしょうね。楽譜は、すでに赤ペンで書きこみやぐるぐるや三角やらで、もう曼荼羅みたいになっております。

最後の十六小節は、最大の山場、オクターブ三連符でたたきつづける、難所でございます。

スタタ、タタタ、タタタ、タタタ、タラタ、タタタ、タタタ、タタタ、タラタ、タタ、タ、タ、タ、タタタ、……ドゥラララーン。

最後の余韻をかみしめ、鍵盤から手をそっとはなす。潮子さん、おもわず両手で顔をおおいました。

お姉さん、やっとここまで追いつきましたよ。まだ牛の乙女だけど、きいててくれましたか。

「ほんとうに、よくがんばってくださいました。すばらしい乙女の祈りになりました」

ゆり子先生も、涙ながらに背をさすって、ねぎらいます。

「最初は、無理だろうって思ってたんです。でも、潮子さんのおかげで、奇跡って、きゅうに起こるもんじゃないんだなってわかりました。この奇跡は、百八日間の苦労があってこそなんですから。ほんとうに、いい勉強をさせていただきました」

「先生、ありがとうございます。でも、いかがでしょう。まだ、牛の乙女でございますものねえ。これではとうてい、ひとさまにきいていただけるものではないと思うんでございますが」

「あはは、欲が出てきましたね。でも、あと二週間もあるんです。それだけあれば、牛が羊に、羊が猿に、猿が人間の乙女になるのも夢じゃありません。きょうから、また一から始める気もちで、通しの練習をしましょう」
「先生、忘年会の日まで見ていただけるんですか」
「ここは船出の町、千住ですよ。船にも船頭にも、こまらせるわけにはいきませんから
ねえ。乗りかかってしまったんですから、さいごまでひっぱって行きますよ」
「そのとおりっ」
拍手とともに、後期高齢部婦人部会長小川まつ子、つまり、ゆり子さんのお母さんが
飛びこんできました。
「僭越ながらこの小川まつ子、当日の司会では、おかみさんのきょうまでのご苦労の立
会人として、しっかりみなさんにお伝えいたしますよ」
「母さん、船頭が多すぎるのは、よくないよ。ほどほどにしといてよ」
「なにいってるの、船頭が多けりゃ、船を大きくしたらいいのよ。だから、会場もおお
きくなったんだし」
「え、なにそれ。」
「さっき、マルトヨクリーニングのだんなさん、つまり後期高齢部会長から電話があっ
たの。当日、せんじゅケーブルテレビの中継が入ることになったから、駅ビルのホール
で開催することになったたって。もう大騒ぎよ。フラダンスとか、南京玉すだれのひとた

ちも、衣装新調したって、はりきってるわ。それもこれも、みんな潮子さんのおかげですよ」

「いえいえ、そんな。それにしても、こんなに大事になって、どうしましょう」

そこにひょいと顔を出したのが、孫のエビちゃん。

「こんちは」

「あら、エビちゃん。あんたあいかわらずちっちゃくて、ほっぺが赤くて、海老みたいね。おばちゃん、今夜は海老フライにしちゃおうかな」

「あのう、うちのおばあちゃん、またテレビに出るんですか」

「こんどは、あんたも出るんだから、楽譜めくるとこ、ペダル踏むとこ、しっかり覚えなさいよ」

ゆり子さんが、おかっぱ頭をぐりぐりっとやると、エビちゃん、こころぼそい顔をいたします。

「ねえ、おばあちゃん。うちのお母さんね、エビ子のお洋服、ちゃんとかわいいの買ってくれるかなあ。お父さんはデパートで買ってあげるっていったけど、お母さん、けちんぼだから。どっかの閉店セールとかで、へんなの買うんじゃないかって、エビ子心配なのよう」

「あらあら、エビちゃん。そんな心配しないでいいよ。おばあちゃん、もう用意したもの。さっき届きましたって、とりにいってきたのよ」

……ほら、この箱。

エビ子は、小海老のようにぴょんぴょんはねあがって包みをあけますと、あらまあ、なんともおめでたい。紅白よこじまの、すてきなドレスです。

あら、よく似あう。ほんとに、小エビだ。ぴったりねえ。

みんなで泣いて笑って大賑わいの満願の日でございます。

……そうして、クリスマスがすぎ、学校は冬休み。

いよいよ師走も、二十八日になりました。

商店街はいそがしさまっただなか、そして、町内会後期高齢部の忘年会の日でございます。例年でしたら、近くのご老人と、そのご家族くらいのこぢんまりした催しですが、ことしは町をあげての大イベントでございます。

テレビの中継は、朝から潮子さんに密着しておりますし、親戚、友人、店はどこも早じまいして、駅ビルのホールには長蛇の列ができております。もちろん佃甚のみなさんも。こちらは、おかみさんのいいつけどおり、いつもの時間に店を閉めると、駆け足で会場にむかいました。

区長はじめ、お歴々にマルトヨ会長のあいさつがすむと、後期高齢部の芸達者のみなさんによる出しものは、にぎやか、はなやかのいろいろ。

おなじみの手品に、民謡、フラダンスにくわえて、最近のご老人はお元気ですから、ヒップホップダンスに、ヘビメタバンドに、ＤＪと、なんとも盛りだくさん。枯木も山のにぎわいでございます。

わかりますね。やはり、ハコがいいと、やる気もあがります。みなさん、いつも以上の出来で順調にすすみ、休憩時間となります。いよいよ舞台には、グランドピアノがすえられております。

「潮子さん、かわいい」

「いやですよう、先生」

「おばあちゃん、すごーくきれい。ねえ、おばあちゃんが死んじゃったら、この着物、エビ子にあげるって、ちゃんとユイゴン状にかいといてね」

……紅白ドレスに身をつつんだエビ子、緊張のあまり、縁起でもないことをくちばしっております。

そうして、ブブー。開演のベルが鳴りました。

「ふたりとも、まちがえても大丈夫だから、最後まで気をたしかに、しっかり歩いて、もどってきてください」

……三人で、円陣を組んでおりますわきを、婦人部長のまつ子さんがひとり先に出ていき、スポットライトをひとりじめでございます。

「本日大勢のご来場をたまわりましたこの忘年会、いよいよ最後の演目でございます。お待ちかね、佃甚おかみ、橋本潮子さんです。彼女のきょうまでのご奮闘は、みなさますでにご承知のことと存じます。先日、うちのぼんくら娘、たまにはいいことを申しました。奇跡は、突然起こるものではなかった。きょうは、お孫さんもお手伝いしてくれます。お姉さまの形見のお振りそでも、よくお似あいです。みなさま、ごいっしょに、奇跡のピアノをききましょう」

……会場われんばかりの拍手のなか、潮子さんとエビ子が手をつないで、舞台中央のピアノにすすみます。

椅子に腰かけ、着物の袖をととのえ、みぎにぐるり、左にぐるり。手首をぶらぶら。ゆり子先生直伝の、あがらないおまじない。そうして、すとんと肩の力をぬいて、深呼吸をすると、鍵盤に静かに手をのせ、しっかりたしかめます。

たーん、ったたーん、ったたーん、ったたーん、ったたーん、ったたーん、ったたー

ん、ったたーん。ドゥルルルーン、ドゥラララレーン。

百八日の練習のあと、その後の二週間は、通し稽古をくり返しました。何千回と弾いたこの曲。象から牛に、牛がヒツジに、羊がさる、猿からよちよち歩きの人間に、よちよちあるきが幼稚園にいき、小学校、気がつけば十になっていた。はやさは、そのくらいまで上達いたしました。十なら、乙女というには幼いけれど、光源氏なら惚れてしまう。格段の進化でございます。

客席では、佃甚の一同、手をあわせ拝んでおります。難所の五十三小節めは、すこし指がすべりましたが、あわてず、腕の交差もじっくりとすすめております。舞台袖では、ゆり子、まつ子の親子もかたずをのんで見守っています。

エビ子も、楽譜をめくりながら、ペダルをふむ合図に、おばあちゃんの肩をそっとさわる。そうして、最後の山場、三連符の山脈にさしかかりました。

渾身の力をふりしぼって、たたくたたくたたくたたく。

振袖が、みぎに左にひらりひらり。蝶のように舞い踊る。いつしかだれもが、大和撫子、春の宵に、ぽうっと。夢心地に、舞台で弾いているのが七十六歳のおばあさんであることを忘れました。

たららたた、たたた、たた、た、た、た、た、ドゥルルルラーン。

会場は、しーんと静まりかえる。

母さん、すごい、すごいよお。

……さいしょに立ちあがり、うおーんうおーんと泣いて手をたたいたのは、客席の鮎太郎。みんな顔を見あわせ、涙ぐみうなずいています。

マルトヨクリーニングのご夫婦も、かき入れどきを抜けてきた焼き鳥のだんなさんも、笹塚みどりこ先生も、拍手喝采。花束を持って、みんなが舞台に駆けよっていきます。

エビ子が舞台袖からゆり子先生をひっぱりだすと、さらにわれるような拍手、カーテンコールを十回もくりかえし、ようやく緞帳がおりたのでした。

「先生、ほんとうに、まだ夢のなかのようです。ありがとうございました」

「いままでの演奏会で、こんなに緊張して、こんなに幸せな日はありません」

「ああ、スターって最高だねえ。エビ子、やっぱり佃煮やさんより、アイドルがむいているってわかったよ」

……たくさんの花束を抱えて楽屋にもどりますと、金髪のでっかい男が、泣きはらした目で立っております。潮子さんを見るなり、駆けより、ぎゅーっと抱きしめ、なにやらぺらぺらぺらしゃべりはじめました。

このひと、どっかで見たことある。なぎらのおじさんに似てるから、覚えてたの。エビ子ちゃんがいいます。

いちおう、イギリス留学をしておりましたゆり子先生が、いっていることをきいていますと、こんどは客席にいたひとたちが、どっとなだれこんできた。

なんでこんなところに、ブラリーノ・コックピットがきてるのよ。まさか、そっくりさんだろ。なぎら健壱じゃないのか。あのあおい瞳は、ブラコさまよ。絶対、本物よ。

「あんた、だれ」

……ゆり子がきくと、おまえ、おれを知らねえのか、いいねえ、気に入ったとよろこぶ。これは、やはりほんとの、正真正銘ブラリーノ・コックピット。アメリカは、ハリウッドの人気俳優なのでした。

「その人気ものが、こんなとこで、なにしてんのよ」

……きけば、ブラリーノさん、つい先日、妻で大女優のオランジュワイヨクチュール・エンジョーイさんとの破局で、傷心のおしのび旅に出ているさなか、流れ流れて東京の下町にきてみたとのこと。すると、駅ビルホールに長蛇の列を見つけた。入ってみたらば、ピアノの音色に、すっかり感激心酔したという。

「潮子さん、このひと、よくわかんないけど、ロスの自宅で、もういちど弾いてほしいんですって。自分はスターだから、お金はいくらでも出すっていってます」

……もう佃甚一家も、まつ子さんも、まわりは大騒ぎです。

潮子さん、さてどうする。

「もったいないお話ですが、あれよりいい演奏はできませんものねえ。それに、姉はあんがい焼きもちやきだったから、こんな男前のかたと仲よくなったら、たいへん。これより欲をかいたら、乙女の祈りどころか、怒りをかってしまいます。それに、もしあなたさまがお気もちをあらためたいなら、ご自分で弾かれたらよろしいんじゃないですか。そうしたら、先方さまにも、きっと伝わります。わたしもこの曲で、ずいぶんと心をなぐさめられました。それに、人間にはなにごとにも、ご縁の力というものがございます。それは、ご自分にしかわからないものですから。ねえ、そうでございましょう」

ぺらぺらーの、ぺらりーの。ゆり子さんが、てきとうに通訳する。

「ゴ・エ・ン……」

はじめて耳にした日本語ですが、どうやら名優ブラコさん、意味はこころで理解されたようです。

「それなら」

ブラさん、こんどは、くるり。顔を、ゆり子さんにむけました。

「それなら、おまえ、かわりにおれとLAにきて、レッスンしてちょうだいプリーズ。おれも弾けるようになって、もういっぺん、女房と出なおしてえんだ」

「ゆり子先生、どうぞ行って教えてあげてくださいな。このひと、偉いかたか、有名なかたかしらないけど、あおいおめめが、ほんとにさびしそうですもの」

……ブラコさん、目をぱちぱちさせて、ゆり子さんに手をあわせる。

「そんなことをきゅうにいったって、こっちにも都合があんのよ。だいいち、あんたんちの近くに焼き鳥やはないでしょう」

「おう、ヤキトリか。おれも大好物だぜい。うちのななめむかいには、おれが経営するジャパーニーズ・レストランがあるんだなあ」

「ちゃんとおいしいの、そこ。う−ん。それなら、いまからうちの近所の焼き鳥食べてみなさいよ。それとおなじくらいおいしいんなら、いってもいいよ」

ブラコさん、思いがけない展開に色めきたつまつ子さんに案内されて、さっそく商店街にむかいます。いやはや、ゆり子先生の乗りかかった船ってのは、ずいぶん大きな豪華客船だったようでございますねえ。

師走もおしつまり、てんやわんやの帰り道、さいごは師弟ふたりで、桜並木のつきあたりまで。

「ほんとうに、おつかれさまでした。潮子さんは、このさきどうされるんですか」

「姉がいてくれたおかげ、みなさまのおかげで、ほんとうに幸せな思いをいたしました。もちろんまた明日からは、佃甚の女将にもどりますよ。姉のかわりに弾いただけ、それだけで、じゅうぶんなんですから」

「でも、せっかく覚えたんですから、一曲入魂、忘れないでくださいね」

「はい。毎日姉に手をあわせて、弾いてまいりますね。でもねえ、プラリさんじゃないけれど、今回のことで、いろいろと、これまで、これからのことを考えました。からだも、ずいぶんがたが来てるし、だめだだめだと思っていた若夫婦も、なんとかそれなりになっていましたしね」

「そんな、きゅうに気弱な」

「いいえ、潮子ってこの名はね、潮どきの潮ってことなんです。恥かきっ子だったんでしょうね、生まれたばかりの赤ん坊に、もうこれきりだよって、父がつけたんです」

「潮どきの潮、ですか」

「ほんとは、姉が末っ子のはずだったそうなんです。それが、十年もたって、ぽーんと妹が生まれちゃって。姉は、やきもちやきだったそうですから、じつは、むくれたこともあったみたいですよ。たぶん、これより騒ぐと、あれはわたしの祈り、わたしの十八番なんだからとらないでって、叱られてしまいます」

「そうですか、そうですねえ。お姉さんのテーマ曲、だったんですものねえ」

「ふふふ、そのとおりなんですよ。だって先生、そもそもうちの姉は、名を、トメと申しましたんです」

去年今年

午前九時十五分。

手を洗い、消毒、ハンドクリーム。

仕事おさめまで、一週間。棚に手をのばすと、半びらきになっている。山田さん、きょうも出がけにあわてていたものねえ。あけると、きのうとちがっていた。ひとつ、新しくなっている。

このビルは、ワンフロアに、男女化粧室がひとつずつしかない。入口に鍵をかけたら、まったくの個室にできる。ひとつしかないけれど、洗面スペースが広い。窓から、隅田川がきれいに見えるのもいい。すわりごこちのいい椅子をひとつ置いてもらったから、ここで伝線したストッキングをかえたり、ちょっと気分転換もできる。

戸棚のなかには、いつも、化粧ポーチがいつつ、ならんでいる。ここで一緒になることはないから、だれがだれのか確かめたことはないけど、おそらくまちがえない。口紅、おしろい、毎月のもの。畠山さんのは、ライターも入ってるのかしら。こんなちいさいポーチひとつにも、好みがあらわれるものと、戸棚をあけるたび思う。

新調したのは、経理の川端さんでしょうね。きれい好きだから、いちばんひんぱんに買いかえるけど、いつでも黒の無地なのよね。

堅実な彼女は、服の好みも地味で、モノトーンが基調。定時まできっちり働いて、毎日保育園におむかえにいって。産休が明けてから、ずっと忙しそうだけど、どんどんきれいになっていく。心身ともに充実しているから、お肌もぴかぴか、うらやましい。

そういえば、きょうは、くるみちゃんも来るのかしら。きいておかないと。どちらにしても、お昼休みに、絵本を買っておきましょうね。くるみちゃん、来年小学校っていってた。よその子は、あっというまねえ。それだけ、年をとっているってことだから、おそろしいこと。

きょうから、営業さんは挨拶まわり。ほかの部署も、せわしなくなっている。開発はのんきでいいねっていわれるけど、一人部署だから、年内にやるべきことはまだまだある。十時半に雑誌の編集さん、十一時半に通販サイトのライターさん、午後はだれに会うんだったか。本音をいえば、今夜の忘年会だって面倒なくらい、ひと疲れしている。でも、くるみちゃんと話せるのは、うれしいから。土橋くんの料理も、大勢のほうがいいから。

あしたは、祝日。あさっては、クリスマスイブ。クリスマスになんの予定もないのがうれしくなって、どのくらいになるのかしらね。

三連休は、エバンスでモーニングを食べて、ゆっくり朝刊を読んで、午後は鬼平のDVDを見ながら、ワイン飲んで。そんなところね。

四度めの年女も、あと十日でおしまい。そういえば、女の子たちにもらったまっかなレースのパンティ、はいてない。赤い下着が厄払いになるって、くれたんだけれど。

厄も幸も、おなじくらい遠のいたような、ぼんやりした一年だった。

年内に、アロマ鍼、もう一回いけるといいんだけど。予約、まだ間にあうかしら。

おせっかいだけど、畠山さんも、こんど誘ってみようかしら。あのひと、その後、からだは大丈夫なのかしら。

さて。首をまわすと、ぼきぼき鳴った。


午前十一時二十二分。

……ああ、よかった。ありがとうございました。それでは、いつもどおりのお迎えに、よろしくお願いします。先生、お手数おかけしました。

ああ、助かった。

この忙しいときに、さすがに早退とはいえなかった。朝、ぐずぐずめそめそしていたから、熱出すかなあって気にしてたら、電話くださった。まゆみ先生は、いままでの先生でいちばん親切。泣き虫くるみも、年長さんになって、ずいぶんたくましくなってきたし。去年までは、台風の目にいた。泣けばしかるの毎日だった。

戸棚をあけると、さわやかな残り香。

小川さんは、いつも優雅で、うらやましいなあ。髪をとかして、リップをつけて。このポーチには、海外の高級コスメがいろいろ入っているんだろうな。くるみを産んでからは、無添加、無香料ばっかり。近所のお店で、ぱぱっとそろえるだけだから、ひとの香りに敏感になった。でも、小川さんの香水は、小川さんにとてもよく似あっている。

まえに、山田さんの歓迎会のときだったかしら。畠山が、どこのですかーってきいたら、小川さん、香りは、トップシークレットよって。マリリン・モンローより色っぽいコメント。そんなこと、考えたこともなかった。うちの男の子たちだって、みんな小川さんと話すときは、背すじがぴんとのびてる。大人の女って、ああいうひとのことをいう。おんなじ会社で、おんなじように働いていても、ぜんぜん違う人生ね。

小川さんは、秘書課の石川よりずっと秘密主義だから、いろんな噂がある。

フランスに恋人がいる。九州の殿さまの愛人。あんな素敵なひとが、どうして結婚しなかったんだろう。声高に独身主義なんていってないし。かっこいいけど、すごく子ども好きなのにな。くるみだって、年に一回しかあわないのに、小川さんきれいだね、やさしいし、すてきだねっていう。きょうの忘年会、指折りかぞえて待ってたもの。けさだって、ぐずぐずしてると忘年会つれていかないよ小川さんに会えないよっていったら泣きやんで、たすかった。

毎年、きれいな絵本をくるみにプレゼントしてくれるし、忘年会のあいだはずっと話し相手になってくれる。いちど、うちにご招待しようとしたけど、やんわりことわられちゃった。うちの会社はちいさいから、おたがいオフィスの顔でいましょうって。

ベテランの小川さんがそういう感じだから、女性社員が仕事いがいで会うのは、夏の五人会と、石川の発表会のときだけ。

ことしは、畠山の快気祝いもあったな。あの子もこのごろ忙しそう。大丈夫かな。きょうは、あのときのお店になったっていってた。くるみが食べられるもの、あるかしら。畠山にきいておこう。さて。お昼まであと百枚、伝票やっちゃおう。

午後一時四十分。

夕方までに、やること。

営業さんたちの年賀状と、名刺の補充ぶんを配る。朝、山田に頼めばよかった。それから開発に行って、来春のパンフレットの校正刷を小川さんにもらう。備品の発注と伝票を、川端さんにまわす。健保組合からも、なんかきてたな。あとは、きょうの最終人数をお店につたえる。おとな三十八人、こども七人。

クリーム、クリーム。紙ばっかりさわってたら、指がかさかさになっちゃってる。あ、ちょっと切れちゃってる。ばんそうこ、巻いて。

川端さん、またポーチ変えた。どうせ変えるなら、ぜんぜん違うのにすればいいのに。ほんとに、ポーチひとつにも、安定志向なんだよね。だいたいこんなの、だれが見るわけでもないんだから、そんなにしょっちゅう変えなくてもって思うんだけど。

それにしても、小川さんのは、いくらくらいするんだろう。フランスの本店で買ったのかな。こういうの買えるって、やっぱり開発部はお給料いいんだな。いいなあ、開発。のんびりしてるし。

うちの商品は、新シリーズを三年に一回出すかどうかだし、パンフレット作ったら、あとは展示会して、雑誌にプレゼント出すかどうかとか、仕事なんて、そんなことくらいじゃないのかな。

あっ、そうだ。石川の発表会のお花、ことしも小川さんに頼んじゃっていいのか、畠山にきいてみないと。ああ、忘れてた。年明けの検診の予約しておかなきゃ。総務気質がふだんにもしみついちゃって、さきざきこまごま、こまねずみみたいに、くるくる段取りしちゃって。そうして、みんなのことばっかりで、自分が最後になるばっかりなんだから、つかれるなあ。

きょうのお昼、どうしよう。総務はみんなお弁当、小川さんと川端さんもそうだし、石川は社長しだいだし。いつもひとりだけお昼に出るのも、気がひける。ただでさえ、喫煙組は肩身がせまいから。

毎日おんなじようなお弁当食べてて飽きないなんて、みんなすごい。山田はいいなあ。外まわりのついでにお昼いけるし、取引先でランチ誘われたりもあるみたいだし。でも、あの子、このごろきれいになったのよね。ダイエット成功したみたいだし。

今夜はスペイン料理だから、あんまりがっつり食べちゃだめだ。

カフェでサンドイッチさくっと食べて、屋上で一服して、それでいいや。

ああ、禁煙も、入院した一週間だけだったなあ。

さて。そうだ、帰りがけ四人に、ちいさい御歳暮をこっそり渡すタイミングをはずさないこと。はしご酒はだめ。

午後三時十五分。

社長、よろこんでくださって、よかった。

大好きないちご大福、限定二十個のさいごのふたつだったんです。そういったら、それはついてるなあって、午前中の会議の不機嫌も、忘れてしまったみたいだった。

あとのひとつは、総務の畠山さんにあげますねっていったら、ぼくもそういおうと思ってたって。やっぱり、よく見ていらっしゃるなって思った。ハタケちゃんの机に置いてきたけど、すごい書類の山になってて、あの子、ちゃんと見つけられるかしら。メールしとこうかな。

忘年会の社長賞の商品券の準備もできたし、あとは社長に来週のスケジュールをお渡しして。来週は、合羽橋の問屋さん一軒ずつに、ご挨拶まわりの同行がある。

ことし七十五歳の社長が、これだけは、欠かさずまわられる。行かれた問屋さんも恐縮されているけど、よその社長さんもなさっているのかしら。なかなかできることじゃないと思う。あと二年、喜寿で引退だよっておっしゃっているけど、本気かしら。副社長はお坊ちゃん育ちだから、ああいう腰の低さとか、いちご大福特別賞みたいな気くばり、できるかしら。

洗面所の水しぶきを拭かないのは、ハタケちゃん。あの子、仕事はきっちりしてるのに、こういうところ、ぱぱっとやっちゃうのよね。でも総務には、ああいう明るい子がいてくれたほうがいいって、社長がおっしゃっていた。

ハタケちゃん、大丈夫かな。禁煙もつづかなかったみたいだし。ことしは、健康診断でひっかかって、あれよあれよと入院、手術。ほんとに大厄年になって、たいへんだったんだもの。小川さんと川端さんは、病院のこととか力になっていた。唯一の女子同期なのに、社長からのお見舞いとどけるくらいしかしなかった。復帰してからも、たいしたフォローもしないままになっている。来週、クリスマスプレゼントでも、あげようかな。あ、ポーチいいかも。厄年もあと一週間なんだし、この豹柄の、気に入ってるんだろうけど、ずいぶんくたびれてる。明日から三日間は、リハーサルざんまいだから、お教室の帰りに、駅ビルで買っておこう。やっぱり動物柄がいいのかな。

そうだ。フラ教室のひとたちが、年明けのファミリー・セールに来たいっていってたんだ。ハタケちゃんもどってきてるかな。招待はがき、もらいにいこう。

さて。社長に、お茶のおかわり。

午後五時五十五分。

はやくいかないと。もうみんな、すぐに移動しそうな感じだった。

あっ、かわいい石鹼。ブルーのハイビスカス、石川さんだよね。みんなが忙しいときに、ちょっとなごむことをしてくれる。さすが、社長秘書。そしてフラガール。

机のうえの年賀状とファミリー・セールのはがきは、持ち帰りだな。小川さんからのメール、石川さんの発表会の花束のお金は、当日現地でよし。それで、結婚の報告も、全員のひとこと挨拶のタイミングに、さりげなくでよしと。

といっても、みんなびっくりするだろうなあ。よりによって、忘年会が土橋さんのお店になるなんて。幹事は畠山さんだった。きっと、きょうは、あのときのお礼もあって、お店を予約してくれたんだと思う。畠山さん、さばけてるけど、気配り力がはんぱじゃないから。

ちょっとへこんでいると、かならず晩ごはん誘ってくれる。畠山さんは、総務の仕切り番長って感じ。でも、ことしは病気があったし、さすがにきつそうに見えた。

バル・ドバシには、毎年夏休みまえ、女性社員五人で集まる。ことしは、畠山さんが五月に病気になって、六月に快気祝いでもいった。

小川さんが、名医と同級生だった。さらに、その名医のいる病院が、川端さんのマンションから近くだった。石川さんは総務を手伝って、ものすごい働きぶりだった。

思えば、退院祝いをしたつぎの週に、営業まわりのとちゅうに、ひとりでバル・ドバシにランチにいって、ちょうど映画のチケットあるからって誘われて、そこからだったんだよねえ。交際六か月って、スピード結婚になるのかな。

小川さんにも、ないしょにしてたし、畠山さんは、土橋さんのファンになっていたから、なんていうかな。色白細身の美青年好きっていってたじゃないのって、ぜったい責められるなあ。たしかに、あんな熊みたいなひとと結婚することになるなんて、思ってもみなかった。

土橋さん、いまごろはりきってる。きょうは特大パエリア作るっていってたから。小川さんに、縁結びのお礼と年女のフィナーレに、おいしいお料理たくさん作るよっていってた。

そういえば、小川さん、あのレースのタンガ、はいてくれてるかな。小川さんだったら似あうよねって、石川さんと選んだんだけど。なんか、選びながら、ふたりで照れちゃったんだよね。

しまった。精算、まだ出してない。明日で許してもらおう。

川端さん、もう保育園いっちゃったしなあ。くるみちゃん、おっきくなっただろうなあ。川端さん、あんなふうにしっかり働いているお母さんがいると、みんなしぜんに協力するし、経理部全体がぴしっとしまってる。
なんだかんだいっても、ことしも、あと一週間。
営業の目標達成、五キロのダイエット達成、そして婚約達成のトリプルスリー達成。
自分史上最上出来の一年だった。
さて。お化粧なおして、いかなくちゃ。
あ、川端さんのポーチ、新しい。
いつも、いつつならんでいる。どれがだれのか、きかなくてもわかる。
こういうのって、かなり心強い。

初出
ｗｅｂちくま　二〇一六年四月〜二〇一七年一月連載。
「梅雨明け」は雑誌「飛驒」（平成二十六年九月五日号）掲載の「レッツゴー飛驒」を改題転載。
「素麵」「球根」は単行本のための書下し。

石田　千（いしだ　せん）
一九六八年、福島県生まれ。東京育ち。國學院大學文学部卒。二〇〇一年「大踏切書店のこと」で第一回古本小説大賞を受賞しデビュー。二〇一六年『家へ』で、第三回鉄犬ヘテロトピア文学賞受賞。著書に『月と菓子パン』（新潮文庫）『屋上がえり』（ちくま文庫）『唄めぐり』（新潮社）『あめりかむら』（新潮社）『きなりの雲』（講談社文庫）『家へ』（講談社）『箸もてば』（新講社）他多数。

ヲトメノイノリ

二〇一八年一月二十五日　初版第一刷発行

著者　石田《いしだ》　千《せん》
発行者　山野浩一
発行所　株式会社　筑摩書房
東京都台東区蔵前二―五―三　郵便番号一一一―八七五五
振替〇〇一六〇―八―四一二三
印刷　三松堂印刷株式会社
製本　株式会社積信堂

乱丁・落丁本の場合は左記宛にご送付ください。送料小社負担でお取り替えいたします。ご注文、お問い合わせも左記へお願いいたします。
筑摩書房サービスセンター
〒三三一―八五〇七　埼玉県さいたま市北区櫛引町二―六〇四
電話　〇四八―六五一―〇〇五三

ISBN978-4-480-80475-4 C0093

◉筑摩書房の本◉

〈ちくま文庫〉

こちらあみ子

今村夏子

あみ子の純粋な行動が周囲の人々を否応なく変えていく。第26回太宰治賞、第24回三島由紀夫賞受賞作。書き下ろし「チズさん」収録。　解説　町田康／穂村弘

〈ちくま文庫〉

君は永遠にそいつらより若い

津村記久子

22歳処女。いや「女の童貞」と呼んでほしい——。日常の底に潜むうっすらとした悪意を独特の筆致で描く。第21回太宰治賞受賞作。　解説　松浦理英子

〈ちくま文庫〉

酒呑まれ

大竹聡

酒に淫した男、『酒とつまみ』編集長・大竹聡が、酒とともに出会った忘れられない人々との思い出を自らの半生とともに語る。　解説　石田千

〈ちくま文庫〉

多摩川飲み下り

大竹聡

始点は奥多摩、終点は川崎。多摩川に沿って歩き下っては、飲み屋で飲んだり、川原でツマミと缶チューハイ。28回にわたる大冒険。　解説　高野秀行